奥様姫様捕物綴り（一）

甘いものには棘がある

山本巧次

双葉文庫

奥様姫様捕物綴り（一）　甘いものには棘がある

一

汗ばむ季節もようやくに落ち着き、いくらか柔らかくなった日差しが、掃き清められた庭の砂地と、まだ緑濃い木々の葉をきらめかせている。一羽の鳥がさっと舞い降り、砂地で虫でも見つけたか、二、三度ついばんでから、また舞い上がった。雀のようだが羽がもう少し黒っぽい。鶺鴒《せきれい》だろうか。

佳奈《かな》は目を細めて鳥の姿を追ってから、また手元に目を戻した。高坏《たかつき》に懐紙が敷かれ、そこに紅葉をかたどった羊羹《ようかん》が座している。葉の半ばは赤く、葉元は黄色い。赤は紅練り、黄色いところは栗餡を使って仕上げたものか。

早くも口の中に唾が湧く気がして、佳奈は楊枝で羊羹を小さく切り分けると、そっと口に運んだ。手に取ってかぶりつきたいところだが、大名家の姫君ともなれば、そんなはしたない仕草はできない。口の動きにさえ、優雅さを心がける。噛むと、想像通りの上品な甘さが広がり、口中を満たした。思わず、うっとりする。これは……。

「ああ、すっごく美味しい」

すぐ横から、声が飛び出した。何も遠慮のない、ごく自然な感嘆の声。佳奈はそちらを向いて微笑む。

「本当に美味しゅうございますね、母上」

「ええ、そう、まさに至高の味」

並んで茶菓を楽しんでいた佳奈の母、彩智《さち》が膝を打つようにして言った。

「紅練りと栗餡の組み合わせね。珍しいものを使ったわけではないけど、奇をてらわず上品にまとめたあたり、さすが満月堂《まんげつどう》は趣味がよろしいわ」

あらま、と佳奈は眉尻を下げた。私が思ったことを、全部口に出してくれている。

「満月堂のこの秋の新作とのことにございます」

少し下がったところに控えていた侍女の橘野《きつの》が、一礼し、ひどく落ち着いた口調で言った。菓子の話ではなく、論語《ろんご》でも読むような感じだ。彩智は、うんうんと頷《うなず》く。

「これは上出来。気に入りました。この、くどさが全くない程良い甘味が素敵。

きっとよく売れるでしょう。満月堂に、次も期待しているからと伝えて」

畏《かしこ》まりました、と両手をつく橘野の眉間に、微《かす》かに皺《しわ》が寄った。目ざとくそれを見つけた佳奈は、内心でくすっと笑う。彩智のこの遠慮ない饒舌《じょうぜつ》が、四万石の大名家の奥方様にはふさわしくない、と苛立《いらだ》っているのが明白だ。

「できれば、もう一つか二つ……」

最後の一かけを楊枝に刺して、彩智は横目で橘野を見ている。気付いた橘野が咳払いした。

「恐れながら、お控えのほどを」

彩智がわざとらしく肩を落として嘆息した。橘野は見ないふりをして座敷から下がった。

橘野が襖《ふすま》を閉じると、佳奈もほっと気を緩めた。橘野は長くこの上屋敷の奥向きに勤め、下働きから始めて、四十の坂を越えた今は、奥女中の筆頭として正室たる彩智の傍に仕えている。別に悪い人ではないのだが、どうも生真面目で堅苦しく、それが大名家の奥向きのあるべき姿と思っている節がある。佳奈としては、ちょっと苦手な相手だった。

「この羊羹なら、丸ごと一本でも楽に食べられそうなんだけど」

「ちょっと母上、いくらなんでもそれは」

未練がましくそんなことを言う彩智に、佳奈は呆れ顔を向けた。まあしょうがない、と彩智は笑う。

「そのうち、桔梗屋河内《ききょうやかわち》と鯉屋山城《こいややましろ》も、何か持って来るでしょうし」

彩智が期待するように言ったので、佳奈は苦笑した。桔梗屋も鯉屋も、江戸で有数の上菓子屋だ。満月堂はそれら名うての大店《おおだな》には一歩譲るが、近頃とみに評判を上げており、彩智も佳奈も大層贔屓《ひいき》にしていた。

「甘味も過ぎると、毒ですよ」

「あら、橘野の真似？　あなただって、甘味には目がないくせに」

彩智が笑った。口元こそ手で隠しているものの、気取ったところのない気持ちのいい笑い方だ。これもおよそ奥方様らしくないが、佳奈は好きだった。

その彩智の視線が、半分残った佳奈の羊羹に向く。佳奈は「あげませんからね」と言って、さっと羊羹を口に入れた。彩智がまた、くすくす笑った。

佳奈は笑い返し、改めて彩智の顔を見る。娘の目から見ても、美しい顔立ちだ。十六歳の佳奈の母なのだから、無論三十を幾つか越えているのだが、容姿に全く衰えがない。若さを保つためにあらゆる努力を惜しまぬ人は多いが、彩智は

いた。特段、何もしている様子がないにも拘《かか》わらず、である。これには佳奈も感心して

しかも先ほどからの会話で分かる通り、彩智の性分は良く言えば天真爛漫《てんしんらんまん》、悪く言えば勝手気儘《かってきまま》。身を律するための余計な気遣いを省略しているところが、若さを保つ秘訣なのかもしれない、と佳奈は思っていた。

何しろ、母娘なのにうっかりすると姉妹に見られかねないのだ。父、即《すなわ》ち当家の主《あるじ》である牧瀬内膳正忠基《まきせないぜんのかみただもと》は、それを嬉しく思っていることを隠そうとしない。まあ確かに、と多少は世間のことを知っている佳奈は考える。女房がいつまでも若くて美しいのを嫌がる亭主など、この世にいないだろう。

この正月などは、悪戯《いたずら》っ気を出した父が、年賀の挨拶に来た大番頭《おおばんがしら》の桜井伊勢守《さくらいいせのかみ》殿の前で、彩智と佳奈に並んで挨拶させ、相手から、御当家には姫様はお一人と伺《うかが》っておりましたが、と言われて悦に入る始末だった。いったい御城内では、なんと噂されていることやら。

「さて、満月堂のこの秋が紅葉の羊羹なら、次の春は何かしら。落雁《らくがん》で攻めてくるかな。最中《もなか》で来るかしら。いや、裏をかいて焼き菓子かな」

彩智は指を折りながら呟《つぶや》いた。ああ、天下泰平、と佳奈は天井を仰ぐ。今から

半年先のお菓子の心配とは、どれだけ能天気なんだ、母上は。

だが、ひと月ばかり後の知らせで、そんな呑気な心配をしている場合ではなくなった。


「奥方様、姫様、ご無礼いたします」

彩智と佳奈が奥座敷で寛《くつろ》いでいる時、襖の向こうから橘野が声をかけた。改まった物言いに、二人は顔を見合わせる。ただでさえ堅苦しい橘野が、さらに形式ばっている時は、だいたい面白くない話だ。

「構わぬ。何用じゃ」

彩智も心得て、いつもと違う堅い応じ方をした。

「監物《けんもつ》様が、申し上げたき儀がおありとのことでございます」

おや、と彩智と佳奈は、もう一度顔を見合わせた。監物とは、江戸留守居役石動《いするぎ》監物のことだ。その名の字面に現れている通り、堅物《かたぶつ》の見本のような男である。それが「申し上げたき儀」などとわざわざ言うのなら、苦言なのかもしれない。まあ監物の苦言などは、江戸の町の稲荷の数くらい聞かされているが。

襖が開けられ、正座した監物が頭を下げた。

「お邪魔をいたします」

「苦しゅうない。改まって、如何《いかが》いたした」

彩智が尋ねると、監物は顔を上げた。四十五になる監物は痩せて顎《あご》が尖《とが》り、何事も見逃すまいとするような油断のない目をしている。額や目尻に皺が深く刻まれ、苦労人らしさが浮き出ていた。その堅苦しさは橘野とそっくりで、兄妹か夫婦と言っても通りそうだ。実は、今の様子からは信じ難い話だが、若い頃橘野は監物に懸想《けそう》していたことがあったという。だがもし夫婦になっていたら、その家はきっと、生まれる子供にとって恐ろしく窮屈だったろう、と佳奈は勝手に想像している。

「は。当家出入りの上菓子屋、満月堂について少々」

「満月堂？」

意外な名が出て、彩智も佳奈も驚いた。

「満月堂がどうかしたのか」

「いささか、厄介なことになっております」

「厄介、とは」

「満月堂の菓子を食して病になったお方が、幾人も出ておるとのことで」

何、と彩智が眉をひそめる。

「どういうことじゃ。生菓子が傷んでいたのか」

「詳しくはわかりませぬが、悪いものが混じっておったという噂も」

毒気のあるものが混入したということだろうか。佳奈は首を傾《かし》げた。それは菓子屋に限らず、食物を扱う店では最も気にかけているはずだろうに。

「奉行所の調べが入っている、とも聞き及びます」

「それは只事ではないな」

彩智は心配そうに言った。奉行所が動いているなら、腹を下した程度のことではあるまい。

「いかにも。満月堂は出入り差し止めといたしました。奥方様、姫様とも満月堂の菓子が大層お気に入りであるのは承知いたしておりますが、そういう事情故《ゆえ》、ご辛抱のほどを」

「そうか……相わかった」

彩智が了承すると、監物は一礼して下がった。

「監物がわざわざ告げに来たので、もっと難しい話かと思いましたが」

襖が閉じられてから、佳奈は安堵して言った。だが彩智は浮かない顔をしている。

「充分難しい話です。あの満月堂のお菓子が、当分食べられないとは一大事ですよ」

いや、お菓子で一大事って。

「あ、当分どころでは済まないかも。奉行所まで動いているなら、満月堂は潰れてしまうかもしれませんね。そうなったら、どうしましょう」

彩智はうろたえるように言った。

「あのー母上、どうしましょうというほどのことですか」

「だって、満月堂のお菓子がなくなってしまうのよ」

他に心配することはないんでしょうか。

「でも、ずいぶん急な話ね。紅葉の羊羹が届いた時には、そんな徴《しるし》も見えなかったのに。一度に大勢の病人が出たのかしら。何故そんなことに」

彩智は困惑した様子で眉根を寄せている。さあ、と言いかけた佳奈は、ふと思い出した。

「そうだ。さっき監物は、病になったお方、と言いましたね」

彩智は怪訝《けげん》な顔をした。

「ええ。それが何か」

「町方に大勢の病人が出たなら、病になった者、という言い方をしたはずです。お方、と言うからには、身分のある方が病になった、ということでは。それで奉行所が動いたのかも」

あ、と彩智は手を打った。

「なるほど。では、監物はそのお方が誰か、知っているわけですね」

でしょうね、と佳奈は頷く。

「誰なのか聞いてみましょう」

気になってきたらしく、彩智は言った。佳奈はかぶりを振る。

「監物の口が堅いのはご承知の通りですよ。言うつもりなら、初めから言っているでしょう」

「私たちも知っているどなたか、ということなのかしら」

ならば尚更《なおさら》気になる、とばかりに彩智が言う。佳奈も落ち着かなくなった。

「これは、探ってみた方がいいかも」

母娘は顔を寄せて頷き合った。

襖の向こうで、誰かが膝をつく気配がした。続けて、張りのある若々しい声が聞こえた。

「奥方様、姫様、隆之介《りゅうのすけ》にございます」

牧瀬家の近習、板垣《いたがき》隆之介である。奥向きの警護という役回りだが、祐筆《ゆうひつ》のようなことも兼ねており、彩智が呼び出せばこうして間を置かずに現れる。

「ご苦労。入るがよい」

彩智の言葉に応じ、隆之介は襖を開け、座敷に膝を進めた。

「お呼びとのこと、何事かご用にございましょうか」

「うむ。ちと尋ねたいことがある」

「は、何なりと」

隆之介は畏まって頭を下げる。歳は二十一で禄高は百石、眉が濃くなかなかの男ぶりだ。板垣家は関ケ原《せきがはら》の前から代々牧瀬家に仕える名家であり、縁談も少なくないはずだが、今のところまだ独り身だった。もしかすると胸に秘めた思い人でもいるのかもしれない、と佳奈は勝手に考えている。

「そなた、江戸にはだいぶ詳しくなったであろう」

「は、もうこちらに参りまして四年ほど経ちます故、ある程度は」

隆之介は遠慮がちに答える。

「満月堂という菓子屋は知っておるな」

「当家出入りの上菓子屋と心得ますが」

「その満月堂につき、先ほど監物が出入りを差し止めたと申しておった。が、菓子を食して病になったお人が出たというだけで、詳しくは聞けなんだ。そなた、何か存じてはおらぬか」

隆之介の眉が僅《わず》かに動いた。

「はあ……それがし不調法にて、それ以上のことは」

言いながら隆之介は、目を泳がせた。佳奈はくすっと笑う。相変わらず、わかりやすい男だ。

「それ以上とは、どれ以上のことですか」

佳奈の突っ込みに、隆之介は目を瞬《しばたた》いた。

「いや、ですから、菓子で病になったお方がおられると」

「お方がおられる？　その申し様だと、町人ではありませんね。どなたが病になったのですか」

言葉尻を捉えられた格好の隆之介は、えっと言葉に詰まった。

「監物から、口止めされていますか」

「いえ、口止めというほど強くは……」

ほうら、やっぱり知ってるじゃないの。

「監物には言わぬ故、話してみなさい」

彩智が命ずると、隆之介は諦めたように嘆息した。真っ向勝負では勝てぬと承知しているのだ。

「実はその……久保田備中守《くぼたびっちゅうのかみ》様のご側室、初音《はつね》の方様が」

彩智が、えっと目を見開いた。

「久保田家の初音様が、満月堂の菓子で病になったと言うのですか」

久保田家は常陸谷原《ひたちたにはら》三万石の譜代大名である。美濃国御丈《みののくにみたけ》で四万石を領する牧瀬家とは、共に帝鑑《ていかん》の間詰めで家格はほぼ同じ。屋敷は駿河台《するがだい》で、小川町《おがわまち》の牧瀬家上屋敷からもごく近い。初音とはさる茶会で知り合い、意気投合して文のやり取りなどをするようになった。二度ばかり、一緒にお忍びで芝居見物に行ったこともある。その初音が臥《ふ》せっていると聞けば、黙っているわけにはいかないが
……。

「何としたこと。すぐお見舞いに伺いましょう」

彩智はいきなり立ち上がろうとした。隆之介は慌てて膝を乗り出し、「お待ちを」と止める。佳奈も彩智の袖を引いた。

「母上、どうかお座り下さい」

でも、と言いかける彩智を宥《なだ》め、座り直させた。友達が病といっても、双方とも大名家なのだ。見舞いに行くにしても、それなりの形式と手順を踏む必要がある。さらに、両家の格式に大きな差はないとはいえ、彩智は正室で初音は側室だ。その違いも考慮せねばならない。ちょっとご近所にお見舞い、というような簡単な話ではないのである。

佳奈と隆之介が諭《さと》すように言うと、彩智はようやく頷いた。だが、不満顔は消えていない。監物が初音の名を出さなかったのは、まさにこういうことを心配したからに違いない。

そこで冷や汗を拭うようにして隆之介が言った。

「いやまあ、そもそも満月堂のような店がこんな不始末を仕出かすとは、怪《け》しからぬ話で。人の口を楽しませるべき商いで病人を出すとは、何をしておりましたのやら」

あッ、隆之介の馬鹿。佳奈は天井を仰ぎそうになった。隆之介は初音の見舞いから気を逸《そ》らそうと言ったのだろうが、それが母上の違う興味を掻《か》きたてることに気付かないのか。

「おお、そうであった」

彩智が膝を叩いた。目が輝き始めている。

「隆之介の申す通りじゃ。満月堂ともあろうものが、何故このようなことを。何か事情があるのやもしれぬ」

隆之介は、虚を衝かれたようにぽかんとした。

「は、事情とはいったい……」

「見当もつかぬ。だが、わからぬなら探ればよい」

彩智の口元に笑みが浮かんだ。ああ、やっぱりだ。佳奈は余計なことを言った隆之介を睨んだ。その隆之介は、うろたえ始めている。

「探ればよいとは、奥方様、何をお考えで」

「いや、これから考えるのじゃ」

彩智は佳奈に目配せをすると、隆之介に言った。

「そなたは下がってよい。ご苦労であった」

隆之介は何か言いかけたが、彩智に一睨みされて「ははっ」と頭を下げ、仕方なさそうに座敷を出て行った。顔には、はっきりと憂慮が表れていた。

隆之介が襖を閉じてから、彩智は佳奈ににっこりと笑いかけた。

「ねえ佳奈姫。あなたも満月堂のこと、気になるでしょう」

佳奈は「ええ、まあ」と答えるしかなかった。

二

満月堂の店は、神田橋本町《かんだはしもとちょう》にあった。浜町《はまちょう》堀が鉤《かぎ》型に曲がる辺りで、界隈には筆や根付、鼈甲《べっこう》細工などを売る店が並び、菓子屋は満月堂だけであった。南側に旅籠《はたご》が集まる馬喰町《ばくろちょう》があり、公事《くじ》で近傍から江戸に出て来た者たちが、江戸土産に満月堂の菓子を求める、という話を聞いたことがある。それを狙ってここに店を出したなら、満月堂の初代はなかなかの目利きというべきだろう。

「ああ、ここですね。良かった」

通りの左手に満月堂の看板を見つけ、彩智と佳奈はほっと安堵の息を吐いた。

二人とも江戸生まれの江戸育ちなのだが、何しろ大名家の姫君、町方のことに詳しいとは言い難い。絵図で調べたところ、牧瀬の屋敷からは十七、八町（約一・九〜二キロメートル）ほどで、四半刻（約三十分）余りで着くだろうと思ったのだが。

「一刻（約二時間）もかかってしまいましたねえ」

彩智が笑いかけたが、佳奈は膨れっ面を向けた。

「今川橋《いまがわばし》のところで私が左だと言ったのに、母上が真っ直ぐ行かれたからです」

今日は朝から二人だけで屋敷を脱け出したので、道案内もいない。それで道順をしっかり覚えたつもりだったが、気分屋の彩智が勝手に動き回るものだから、迷ってしまったのだ。何とか見当を付けた佳奈が半ば無理やり袖を引っ張ったので、やっとたどり着けたのだが、放っておいたら彩智は箱根《はこね》辺りまで行ってしまったかもしれない。

「まあまあ、ゆっくり町を歩く機会は少ないから、良い見聞になったじゃないの」

悪びれる様子もなく、彩智が笑顔で言った。

「はいはい、とにかく満月堂に参りましょう。往来の真ん中で突っ立っているわけにはまいりません」

佳奈は彩智を促した。実際、道行く人たちが皆、佳奈たちに目を向けている。それも仕方ないかも、と佳奈は思う。二人は、袴《はかま》を着けて大小を腰に差した若衆姿になっていた。もっとも、髪は結い直す手間をかけられないので、多少それらしく見せているだけだ。着物は奢侈《しゃし》にうるさいご時世なので、きらびやかではないが、見る者が見ればとても高価な品とすぐわかる。さらに顔立ちも美しいときているから、役者並みに目立ってしまうのだ。旗本か御家人の妻女風にでも装っていれば、町に溶け込めたものを。

「やっぱりこの格好、人目を引き過ぎますよぉ」

佳奈は自分の袖をいじりながら、唇を尖らせた。

「いいじゃない。この方が動きやすいし」

彩智は気にしていない風に言う。結局、この格好が好きなのだ。

(通りで監物に出くわしたら、腰を抜かしちゃうかな)

黙って屋敷を出るのは、それほど難しくはない。その気になれば奥向きの侍女たちの目を盗むことはできるので、橘野に直に見咎《みとが》められなければ何とかなる。隆之介などの一部の近習を除けば、表の家士たちは奥へは来ないから、裏門から出れば見つかる危険は少ない。

ただし、戻ってからは厄介だ。二人がいなくなったことはいずれ発覚するので、監物は戻るのを待ち構えてさんざん小言を並べ立てる。勝手に出歩いた先で彩智や佳奈が何かに巻き込まれて怪我でもすれば、江戸留守居役たる監物は切腹ものだ。だから怒るのは当然だし、随分と心配をかけているのも承知なので、佳奈は申し訳ないと思っている。彩智もそのぐらいはわかっているはずだ。でも、やめない。性分なのだ。それで片付けていい話ではないのだが。

（とにかく、母上一人で出歩かせるわけにはいかない）

そう考えて、佳奈は彩智に付き合っている。不本意ながら、と言うべきところだが……実はそうでもない。楽しいのだ。こうやって束縛されずに、江戸の町を歩くことが。人々の暮らしを、自分の目で確かめることが。やはり自分も母の子なんだ、と時々思い知る。

満月堂の前に立った。間口八間（約十四・四メートル）ほどの店で、軒上に掲げた看板の他、菓子の名を記した板が軒の両端に吊るされている。だが大戸は閉じられ、しばらく休む旨の貼り紙がされていた。

「閉まってるわねえ」

彩智が言わでものことを呟いた。

「開けているとでも思ってたんですか」

佳奈は呆れて言った。菓子のせいで病人を出し、奉行所に調べられている中で、普通に商いを続けられるわけがない。

「忠兵衛《ちゅうべえ》殿に話を聞こうと思ったのだけど」

忠兵衛は満月堂の主人で、彩智と佳奈も三度ばかり挨拶を受けたことがある。小太りのえびす顔で、甘いものを売る商人というものを絵に描いたような男だった。

「戸を叩いて呼んでみた方がいいかしら」

彩智は大戸を前に、考え込んでいる。通行人が皆、その様子を見て、通り過ぎざまに首を傾げたり囁《ささや》き合ったりしていた。若衆姿の女二人が、並んで菓子屋の大戸を睨んでいるというのは、あまり見られない光景だろう。これはよろしくない。

「裏へ回ってみましょう、母上」

声をかけると、彩智は眉をひそめた。

「裏へ？　でも町家の裏から出入りするのは」

大名家の者が裏へ回るなど、恥だという思いがつい出たようだ。今はそんな場合ではない。佳奈は彩智の腕をぐいっと引いて、路地に入った。

人通りのない裏路地に入り、塀に沿って回り込む。立てかけられた盥《たらい》の陰から子猫が顔を出し、二人を見上げて「にゃあ」と鳴いた。餌でもねだろうとしたのか。

「まあ可愛い」

彩智が顔を綻《ほころ》ばせ、しゃがんで手を出そうとする。

「あの、猫に構っている時ではないです」

佳奈が肩を叩くと、彩智は名残惜しそうに子猫に手を振って立ち上がった。

「親猫が見えないわ。後で拾って帰ろうかしら」

何しに来たか、忘れてませんか？

「ほら、あちらが裏木戸みたいですよ」

佳奈は先に立って、木戸に手を掛けようとした。その時、塀の内側から声が聞こえた。思わず手を止め、聞き耳を立てる。

「だからよう、こっちはあんたんとこの菓子でえらい目に遭ったんだよ。何度も言わせるんじゃねえよ」

野太い男の声だ。続いて、それより甲高い声がした。

「いえ、それはわかりましたが、まだお調べの途中でして、手前どもとしましては……」

番頭か誰かが、言い訳をしているように聞こえる。太い声の男は、客だろうか。

「お調べが入ったってことは、てめえらが不始末をやらかしたってことじゃねえか。そんなら、詫びをするのが当たり前だろうが」

「もちろん、御迷惑をおかけしたことは申し訳《わけ》なく存じております」

「おう、そうとも。迷惑だともさ。うちの若ぇ者は、腹を下して唸ってるんだぜ。今頃、熱も出てるかもしれねえ。どうすんだよ」

「お腹を下された、というのは本当ですか」

番頭らしいのが口にした言葉に、何ッ、と相手の男が語気を強めた。

「やい番頭め。嘘ついて、たかりに来たとでも言うのかい。ふざけんじゃねえぞ」

「あ、いえ、ご無礼いたしました」

番頭が慌てて詫びたが、相手は嵩《かさ》に懸かった。

「何がご無礼だ。嘘つき呼ばわりまでされて、このまま帰れると思うか」

番頭は何度も申し訳ございませんと謝っているが、それでは収まらないようだ。

「口先ばっかりで詫びて済むか。病人が出たら、見舞いをするのが当たり前だろうが」

さっきの男とは別の声がした。どうやら、二、三人で押し掛けているようだ。

「見舞いと申しますと、その……」

「わかってるだろうが。これ以上馬鹿にしやがるなら、満月堂は毒入り菓子を売りつけて知らんぷりだ、って触れ回ってやるからな」

「そんな無体な……」

番頭の声がさらに甲高くなったところで、聞き覚えのある声がした。

「これこれ、およしなさい」

主人の忠兵衛だ。仲裁に出て来たらしい。

「このたびは手前どもの不手際でご迷惑をおかけし、相済みません。本日のところは、これで何卒、お収め下さい」

何かをやり取りする気配がして、最初に聞いた野太い声の男が言った。

「まあいいだろう。今日はこれで帰るが、世間様への落し前ってもんがあるんだ。これきりで済んだと思うなよ」

捨て台詞《ぜりふ》というものだろう。足音がして、木戸が開いた。彩智と佳奈は、さっと塀の陰に身を隠した。

裏木戸から、男が三人出て来た。いずれも着物を着崩した、目付きの良くない連中だ。いかつい顔で肩幅のある三十くらいの男が、あの野太い声の主だろう。路地に出た三人は、満月堂を振り返ってニヤッと笑うと、懐手で歩き去った。三人が表通りの方へ路地を曲がったのを見て、彩智と佳奈は裏木戸の前に戻った。彩智は三人が消えた方に目をやりながら、悟ったような顔で言う。

「あれはもしかして、強請《ゆす》りたかりというものかしら」

「いえ、もしかしなくても強請りたかりです」

彩智のとぼけた台詞に、佳奈は嘆息しつつ応じた。

「あら、いろいろと世事をよく知っているのね」

そう感心されてもなあ、と佳奈は当惑する。隠れて戯作本《げさくぼん》など読んでいることは、母にも内緒だ。

「とにかく忠兵衛殿が店にいることはわかりましたから、声を掛けてみましょう」

佳奈は裏木戸に手を当てようとした。が、いきなり彩智が言った。

「あの三人を追いかけましょう」

佳奈は振り返り、まじまじと母親の顔を見た。

「何をおっしゃってるんです？」

「お店の主として、忠兵衛殿はいろいろと言い難いこともおありでしょう。でもあちらの三人は、聞けば正直に全部話してくれるのでは、と思います」

正直に全部、と言うより、あることないこと、と言う方が正しいだろう。だが、忠兵衛が自分たちには話し難かろう、というのは一理ある。

「うーん……わかりました。行きましょう」

佳奈は頷き、母娘は一緒に足を速めて表通りに出た。

通りに出ると、十間余り先に三人の背中が見えた。肩で風を切るようにして、神田川の方へ向かっている。彩智と佳奈はその後を追った。

間もなく川沿いの柳原《やなぎはら》通りに出た。ここまでの道筋は人通りが多く、三人を呼び止めて話を聞くには不向きだった。どこまで行けばいいのだろう、と佳奈は気を揉んだ。あまり遠くに行くと、帰り道がわからなくなってしまう。

幸い、それほど遠くに行かずに済んだ。三人は柳原通りを西に少し歩いてから、柳原土手に入った。ここは神田川の堤で、何町にもわたって柳の木が植えられている。三人は少し行ってから川べりに下りた。そこは通りではないので、それほど人気はない。

一本の柳の下で、中年の男が待っていた。腰に一本、刀を差している。三人はその男の傍に寄り、軽く頭を下げた。連中の頭《かしら》らしい。

「どうだったい」

頭が聞いた。

「まああってとこで」

野太い声の男が、懐から紙包みを出して見せた。金が入っていると思われたが、佳奈たちのいるところからはよく見えない。どうしようか、と思った時、彩智が二、三歩踏み出して声を掛けた。

「ちょっと聞きたいのですが」

四人の男が、一斉に顔を向けた。彩智はその前に立ち、一人一人の顔を順に見てから言った。

「先ほど、満月堂に行きましたね。お菓子を食べて病になった人がいたとか。本当なのですか」

四人の顔に、はっきりと当惑の色が浮かんだ。

「へえ、御武家の御女中が、いったい何であっしらに関わるんで？」

頭が言った。右頬に傷のある四十くらいの男で、相当に場数を踏んでいるらしく、太々《ふてぶて》しい態度だ。やくざ者だろうか、と佳奈は思った。

「お仲間が本当に臥せっているなら、どんな様子か教えて下さい」

「どんな様子って……」

そこで頭は、ははあ、と頷いた。

「満月堂のお知り合いですかい。なるほどねえ」

頭は何故か、薄笑いを浮かべている。

「そりゃあもう、酷《ひで》ぇもんで。顔色は真っ青で、げろを吐きまくって、尻からも糞《くそ》を垂れ流しだ。家は汚れまくって、鼻をつまねえと覗きもできねえって有様でねえ」

頭は、ニヤニヤしながら彩智の顔を窺《うかが》った。彩智たちを嫌がらせようと、わざと汚らしい話をしているのだ。嫌味な男だ、と佳奈は苛立つ。だが彩智は、動じる様子もなく聞き返した。

「それは間違いなく、満月堂の菓子のせいなのですか」

「ああ、間違いねえとも」

「何というお菓子ですか」

一瞬、頭は言葉に詰まった。

「そりゃあその、米饅頭《よねまんじゅう》だ」

おやおや、語るに落ちたか。佳奈は笑いそうになった。上菓子屋の満月堂では、そういう駄菓子は扱っていない。佳奈も米饅頭というものは知っているが、食したことはないのだ。

「あんた方は、別式女《べっしきめ》ってやつですかい」

話がまずい向きに進んでいるのに気付いたか、野太い声の男が口を挟んだ。別式女とは、大名家などが抱えている女武芸者のことだ。確かに今の彩智と佳奈は、そう見えるだろう。だがこれを聞いた頭は、改めて二人を無遠慮に眺めてから言った。

「いや、違うみてえだな」

頭の笑いが、下卑《げび》たものに変わった。

「よく見ろや。このお二人の着物、相当な値打ちもんだぜ。別式女なんぞが着るもんじゃねえ。しかもだ、二人とも大した別嬪《べっぴん》じゃねえか」

彩智が横を向いて、小声で佳奈に尋ねた。

「別嬪って、何？」

佳奈は腰が砕けそうになりながら答えた。

「美人、ということです、確か」

まあ、と彩智は頬を緩めた。いや、喜んでる場合じゃないし。でも幸い、頭には聞こえなかったようだ。

「二人とも、本物の武家じゃあるめえ。俺の見るところ、満月堂かその縁者のお大尽が、てめえの好みで女にこんな格好をさせてるんだろう。こういう格好の女を抱くのが堪《たま》らねえ、って好き者は結構いるからな」

なあるほど、と他の三人が笑った。舌なめずりでもしそうな顔だ。

「じゃあ、その派手な拵《こしら》えの腰の刀も、飾り物ってこったな」

三人は佳奈たちににじり寄った。

「よう姐《ねえ》さんがた。俺たちはなあ、神田界隈じゃちっとは知られた四人衆だ。大小差して来たら、女でもちったぁ恐れ入ると思ったかい。生憎《あいにく》だな。変な言いがかりをつけてきたからにゃあ、それなりの落し前を付けてもらわなくっちゃあな」

　彩智は、きょとんとした。

「さっきから何を言っているのかよくわかりませんけど、落し前とは」

「決まってるじゃねえか。ちょいと付き合って、楽しませてもらおうってのよ」

　野太い声の男は、へへへと笑った。笑い声まで太くて下品だ。

「俺ァ、こっちの方が好みだな」

　三人のうち、一番若そうな男がさっと手を伸ばし、佳奈の腕を摑もうとした。慌てて腕を引っ込める。

「おいおい、そんなにつれなく……」

　男が言いかけた刹那《せつな》だった。

「無礼者！」

　彩智の叫び声が飛んだ。同時にその右手が目にも留まらぬ速さで動き、鯉口《こいぐち》を切って刀を抜くと、一閃《いっせん》させた。ほとんど瞬きする間の出来事だった。

「何だ……」

男は彩智の方を向きかけたが、足元に髷《まげ》が落ちているのに気付き、頭に手をやってそれが自分のものだとわかると、「うわああ」と声を上げた。

「あッ、このアマ、何しやがる」

頭が慌てて、腰の刀を抜こうとした。が、柄《つか》に手を掛けた途端、彩智の刀がその髷を切り飛ばした。頭は、目を剝《む》いて尻もちをついた。彩智は鼻先に、刀の切っ先を突きつけた。

「飾り物じゃないのよ、これは」

飾りどころか、備前長船《びぜんおさふね》の銘刀だ。やくざ者相手に使うような代物ではない。

「無体なことをすると、次は肘から下がなくなりますよ」

頭も他の三人も、蒼白になっている。野太い声の男は、卑怯にも仲間を捨てて逃げようとした。今度は佳奈が素早く動いた。

「逃がしませんよ」

一瞬で佳奈に刃《やいば》を首筋に当てられた男は、棒立ちになった。

「か、勘弁してくれ」

野太い声が、にわかに蚊の鳴くような声になった。男は後ずさりして、頭の隣にへたり込んだ。追い討ちをかけるように佳奈は言った。

「四人衆だって言いましたね。四人ともここにいるのに、誰がお腹を下して臥せってると言うんですか」

「わ、わかった、わかったよ」

ざんばら髪の情けない姿で、頭は両手を振った。

「ありゃあ嘘だ。満月堂に役人が調べに入った、てえ話を聞いて、金になるかもしれねえと思って……」

「じゃあ、お菓子でお腹を下した人はいないのね」

「いや、役人が調べてる以上、誰かいるんだろうが、正直な話、俺の知り合いにゃいねえ」

頭は諦めたらしく、すっかり白状した。もう充分だろう。佳奈はもう一度切っ先をやくざ者たちの顔に向けた。

「満月堂からお金を取ったでしょう。返しなさい」

頭は顔を歪《ゆが》めたが、懐から紙包みを出して放った。

「こ、これでいいだろ」

佳奈は紙包みを拾って頷き、彩智に手渡した。

「消えなさい。二度とこんなことはしないように」

それを聞くが早いか、四人は飛び上がって、両手で髪を押さえながら柳原通りの方へと逃げ去った。

「やってしまいましたねえ」

佳奈はやくざ者たちが消えるのを見届けてから、眉根を寄せた。

「やってしまった、とは？」

彩智は、しれっとして言った。

「あんな下賤《げせん》の者を相手に、刀を抜いたことですよ。そこまでしなくても」

「だって、あの汚い手であなたの腕を摑もうとしたのよ。あなたに悪さをするような者は、母として絶対、許しません」

彩智は断固として言い切った。そう言われては、佳奈に返す言葉はない。それに、ちょっと嬉しい。

誰かが走ってくる気配を感じて、佳奈は振り返った。そして、「わあ」と額を叩いた。板垣隆之介が、血相変えてこちらに駆け寄ってくるところだった。

「奥方様、姫様、如何、なさい、ましたかッ」

佳奈たちの目の前に来た隆之介は、肩で息をしながら途切れ途切れに問うた。

まあまあ、少し落ち着きなさい、と彩智は宥めるように言った。

「大事ない故、案ずるな」

「いや、しかし……」

隆之介は辺りを見回した。

「今しがた、この辺りから怪しげな町人が四人ばかり、通りに駆け出して来るのが見えましたが」

「あー、それは」

彩智は目を逸らした。仕方なく、佳奈が言う。

「不届きな者たちを、少し懲らしめてやりました」

「何と」

隆之介が目を剝く。

「まさか、刀を振るわれたので」

「えっと、まあ、ちょっとだけ」

隆之介は頭を抱えた。

「もし何かあったら……」

「心配には及びません。私の腕は、存じておろう」

彩智は胸を張って言った。虚言ではない。大名家の姫が嗜《たしな》みとして武芸を習うことは珍しくはなく、彩智も父の勧めで刀を持った。だが、そこからが普通とは違った。彩智は剣術に並々ならぬ興味を示し、ついにはのめり込んで、剣術指南役と互角に戦えるほどになった。

牧瀬家への輿入《こしい》れで落ち着くかと思いきや、その興味は衰えず、あろうことか夫たる忠基もそれを後押しした。しまいには身分を偽って町道場にまで出向き、挙句に屋敷にあの名高い千葉周作《ちばしゅうさく》を呼んで稽古をつけてもらうことまでした。千葉は奥方の手慰みの相手など、と渋っていたのだが、いざ立ち合ってみるとその腕前に驚愕し、本気で教授してくれた。おかげで彩智は北辰一刀流《ほくしんいっとうりゅう》の免許皆伝となり、今では彩智に勝る腕前の剣士は、江戸に十人もいないのではないか、と言われている。

彩智が二本差しの若衆姿を好むのは、そのせいだった。刀を帯びている限り、江戸市中で危ない目に遭うことはまずない、と承知しているのだ。だから平気で、佳奈を伴っただけで出歩いてしまう。佳奈自身も、彩智と千葉周作のおかげで、人並み以上に剣が使えるようになっていた。自分でも呆れるが、家中で佳奈より腕の立つ者は、五、六人しかいないはずだ。

「奥方様と姫様の御腕前については、重々承知いたしております」

隆之介は渋面を作って言った。

「ならば何も……」

「だからこそです。よもや相手に、傷を負わせたりなさってはおりますまいな」

「あ、そっちか」

彩智は頭を掻いた。市中で誰かを斬ったと奉行所に知れれば、相応の正当な理由がない限り大名家であっても厄介なことになる。彩智は自分から揉め事に首を突っ込んでいるので、言い訳が難しい。隆之介の心配は、そのことだったのだ。

「大丈夫です。髷を切り飛ばしただけで、傷は負わせていません」

佳奈が言ってやると、隆之介は安堵の息を吐いた。

「それで、そなたはどうしてここがわかったのじゃ」

彩智が聞くと、隆之介は咳払いして答えた。

「御留守居役様の御指図です」

「監物の？」

「はい。監物様は奥方様が満月堂の不祥事に並々ならぬご関心をお持ちと見て、御屋敷を出られたのはそのために違いないと。それでそれがしを呼び、満月堂に様子を見に行くよう命じられたのです」

やれやれ、やっぱり見抜かれていたか。また叱られる、と思って佳奈は苦い顔になる。

「でも、私たちは満月堂にはまだ入っていませんよ」

「はい。ですがそのお姿、こう申しては失礼ながら、かなり目立ちます故、道々で尋ねながらお跡を追うのは、難しくありませんでした」

佳奈は、だから人目を引き過ぎるって言ったじゃないですか、と彩智を睨んだ。彩智は知らぬ顔だ。

「さて、ではもう、よろしゅうございましょう。御屋敷にお戻り下さい」

隆之介は、きっぱりと言った。従ってもらわねば困る、と言わんばかりだ。だが、彩智は気にしなかった。

「そうはゆかぬ。これを返してやらねば」

彩智は悪党から取り返した紙包みを開いて見せた。

「一分金で二両分、あった。さっきの不届き者たちが、満月堂でたかりを働いたお金じゃ」

隆之介は驚いて一分金を凝視した。

「取り戻された、ということですか。わかりました。では、それがしが満月堂に返しておきます」

「いいえ、取り戻したのは私じゃ。こんなことまであった以上、満月堂に仔細を聞かねばならぬ」

彩智は紙包みを懐にしまうと、佳奈を促し、隆之介を置いて歩き出した。

「あ、どうかお待ちを」

止めようとする隆之介に、「ならばそなたも参れ」と振り返りもせずに告げ、彩智と佳奈は柳原通りをずんずんと進んで行った。

三

彩智と佳奈と隆之介の三人は、改めて満月堂を訪ねた。隆之介は渋々といった体だが、彩智を止められない以上、付き従うしかない。

橋本町の店に来ると、隆之介は「御免」と前に進み、大戸を叩いた。相済みません、お休みしておりますとの声に、美濃御丈、牧瀬家家中の板垣だと名乗ると、あたふたする気配がして潜り戸が開いた。手代らしい男が顔を出す。

「ご無礼申し上げました。どうぞお入りを」

隆之介は頷き、彩智と佳奈を先に通した。初めから普通にこうすれば良かったのだが、今さら言っても始まらない。

手代は若衆姿の彩智と佳奈に目を見張ったが、何も聞かずに奥へ案内した。二人が客間の上座に座ると、主人忠兵衛がすぐに出て来た。が、障子を開けて挨拶しようと彩智たちの顔を見て、腰を抜かさんばかりに仰天した。

「こっ……これは、奥方様に姫様！　いったいこれは」

言いかけて無礼に気付き、慌てて平伏した。

「とんだ失礼をいたしました。手前どものむさ苦しい店に、直々にお運び下さるとは、ただただ、畏れ多く……」

「忍びで参っております。気にせずとも良い」

彩智は微笑んで言ったが、忠兵衛は相当恐れ入っている様子だ。

「このたびは、何か不始末があったと聞くが、奥方様も姫様もいたくご心配である。何があったか、話してくれぬか」

隆之介が言った。こうなればとことん彩智と佳奈に付き合おう、と腹を括《くく》ったようだ。

「は、それは……」

忠兵衛は言い淀んだが、彩智を前にして誤魔化しはできない、と思ったのだろう。正直に話し始めた。

「二十日ばかり前ですが、手前どもの羊羹を口にされましたお客様から、酷い下痢と吐き気に襲われて大変な目に遭った、と苦情がございまして」

言ってから気付いたように、「尾籠《びろう》な話で申し訳ございません」と頭を下げた。

「構わぬ。それで、この店の羊羹が原因に間違いないのですか」

彩智が念を押すように聞くと、忠兵衛は困った顔をした。

「お医者の話では、そのお客様が食べたものからすると、恐らく羊羹であろうと。ですが、手前どもはお客様のお口に入るもの全て、細心の気配りをもって作っております。よもや腐っていたり、害のあるものが混ざり込んだりなどあろうはずはないのですが」

「残った羊羹は調べたのですか」

佳奈が聞いた。忠兵衛は、さらに困った顔をした。

「店にあった同じ品は、全て引き上げ、手前も職人も食べてみました。何もおかしなところはありませんでした。お客様が食されたものは、生憎残っておりませんでしたので、その品だけに何かあったのかは、何とも」

「具合が悪くなったのは、そのお客だけではないのですね」

腹を下した客が一人だけなら、その客の家で、例えば鼠《ねずみ》などのせいで何か悪いものが付いた、とも考えられる。だが、それなら大きな騒ぎにはならないはずだ。

佳奈が思った通り、忠兵衛は苦渋の表情で頷いた。よく見ると、以前のえびす顔はすっかりやつれている。

「既に十人を超える方々から、苦情が」

「どういった方なのです」

「はい、隠居されたご夫婦、親子四人暮らしの履物屋さん、ご夫婦二人の表具屋さんなど様々で。ご贔屓いただいている方も、初めての方もいらっしゃいます。お客様同士のご縁も特にない方々です」

「ということは」

佳奈は眉間に皺を寄せた。

「繋がりは、この店のお菓子だけなのですね」

「左様でございます。それで、近所の親分さんを通じてお役人様の耳にも入りまして、八丁堀《はっちょうぼり》のお方がお調べに来られました」

やはり、奉行所の手が入ったというのは本当だったのだ。

「傷んだ品を承知で売ったのではとお疑いでしたが、それはございません。職人の誰かが病になったまま菓子を作ったのかとも疑われましたが、皆、健やかでして。結局何も証しは出ず、しばらく店を閉めるように、とだけ御沙汰が」

「奉行所では、調べを続けているのか」

隆之介が聞いたが、忠兵衛は首を傾げた。

「さて、どうでしょうか。その後、何も言っては来られませんし、お役人も日々、お忙しいでしょうから」

忠兵衛としては、宙ぶらりんのまま商いができないのが一番困るようだ。

「それで忠兵衛殿。久保田家の初音様にも、その羊羹を届けたのですか」

彩智が言った。一方、隆之介は顔を顰《しか》めた。彩智にそこへは踏み込んでほしくないのだ。それほど気にするのは、彩智がただの見舞いに留まらず、要らぬ勘繰りで久保田家の家中を掻き回すのでは、と監物が懸念しているからかもしれない。しかし、止めても無駄である。

「は、左様でございます」

「どんな品じゃ」

「白砂糖を惜しみなく使いました、薄紅色の練り羊羹でございまして、栗餡も入れております」

彩智と佳奈は、一瞬顔を見合わせた。自分たちも食べた、あの紅練りと栗餡の紅葉をかたどった羊羹では？

二人の顔つきに気付いた忠兵衛が、慌てて言った。

「いえ、奥方様のところへお届けしたものとは、全く別の品でございます」

「あ、そうですか」

彩智は疑ったのを恥じるように、ちょっと顔を赤らめた。

「こう言っては申し訳ないのですが、初音様はその羊羹でお具合が？」

佳奈が質《ただ》すと、忠兵衛は「はあ」と俯《うつむ》いた。

「そのことで、久保田様の御用人様から、大層お叱りを受けました。出入り差し止めは無論のことですが、お方様のお加減があまり良くないようで、もし手前どもの羊羹が原因とのはっきりした証しが出れば、捨て置かぬと」

まあ、と彩智と佳奈は揃って顔を曇らせた。

「初音様のお加減は、そんなに悪いのですか」

詰め寄ると、忠兵衛は苦渋の色を浮かべた。

「詳しくは教えていただいておりません。ですが、十日余りも臥せっておられて、良くなる気配がないらしく」

佳奈は驚いた。酷い食あたり程度だと考えていたのに、初音の症状はずっと深刻なようだ。

「そんなに重いと、そなたは知っていたのですか」

彩智は隆之介を睨んだ。隆之介は目を伏せる。

「薄々、ではございますが」

「ならばそのように申さぬか」

彩智の叱責に、隆之介は「申し訳ございません」と急いで詫びた。だが隆之介の立場では、彩智の心配を膨らませるようなことはなかなか言えまい。

でも、と佳奈は首を捻った。

「初音様以外に、それほどまで具合が悪くなったお人はいないのですか」

「はい。実はそれが、いささか解しかねるところでして」

忠兵衛が言うには、今のところ重篤になった客はなく、概《おおむ》ね数日で本復しており、「強めの食あたり」の域を出ていないという。それなら、多忙な奉行所にとっては些事《さじ》で、調べもおざなりになるだろう。しかし、久保田家にとっては大ごとだ。

「初音様だけ、というのは妙な気がしますが」

佳奈が言うと、忠兵衛も「確かに」と首肯《しゅこう》した。

「しかしながら、同じものを食べてもあたる人もあり、あたらぬ人もありで、如何相成るかは人それぞれ、と存じますが」

隆之介が言った。それも一理ある。現に、件《くだん》の羊羹を食べた者は百人くらいはいるだろうに、具合の悪くなったのは十人余り。たまたま初音だけ、その羊羹に使われたものと相性が悪かったのだろうか。

「手前どもも、懸命に原因を探っておりますが、思い当たることはこれといってございませんで。このまま何もわかりませぬと、店をたたむことも考えねばならぬかと」

忠兵衛は半ば呻《うめ》くように漏らした。佳奈も同情したが、本当に満月堂の不手際であるなら、致し方ない。

「母上、初音様を見舞って医師の話を聞いてみては」

彩智に引き摺られるようについて来た佳奈だが、話を聞くうちにだんだん放っておけない気になってきた。隆之介の溜息が聞こえた。

「それがいいですね。明日にも、行ってみましょう」

彩智はちらっと隆之介を見て、「もちろん忍びで」と付け加えた。

「いや、お待ちを。それなりの筋を通しまして……」

言いかける隆之介を遮《さえぎ》るように、彩智は手を叩いた。

「そうだ。忘れるところでした」

彩智は懐から奪い返した金の包みを取り出して、忠兵衛に差し出した。

「先ほど、不届きな者たちがこちらからお金を取って行きましたね。あれは騙《かた》りでしたから、取り返しておきました」

忠兵衛は、えっと驚いて包みを開いた。

「あ……確かに先ほど渡したお金です。しかし、どうして奥方様が」

「それは聞かない方がいいです」

佳奈が言うと、忠兵衛はわけがわからぬとばかりに、目を白黒させた。

表通りに出てしばらく歩いたところで、隆之介が言った。

「奥方様、初音様のお見舞いの儀でございますが……」

「ええ、何？　忍びで明日出向く、と申したであろう」

「さすがにそれは……」

隆之介は眉間に皺を寄せている。

「いきなり伺っては、先方もお困りでしょう」

それは当然の話なので、佳奈も加勢する。

「さすがに明日というのは。忍びでも、一応は伺うとお知らせすべきかと」

佳奈に言われると、彩智も考え込んだ。

「そうねえ。いきなりこの服装《なり》で行ったら、御迷惑かしらねぇ」

この格好で見舞いに行くつもりだったのか。

「思ったんですけど、医師の話を聞くだけなら、備中守様の御屋敷でなくてもできますね」

ああ、と彩智は手を叩いた。

「久保田家の御典医を当家に呼ぶのですね」

いやいや、とまた隆之介が割って入る。

「他家の御典医を呼ぶとなりますと、それなりの……」

「御典医のところに、こちらから出向けばいいでしょう」

佳奈が言うと、隆之介は口をつぐんだ。どう止めるか、次の言葉を考えているようだ。だが、彩智の方はこの考えを気に入ったらしい。

「そうか。御典医の家なら、忍びで行っても騒ぎにはなりませんね」

彩智はうんうんと、得心したように頷いている。

「では明日、御典医のところに参りましょう」

隆之介はまだ何か言いかけたが、久保田家に押しかけるよりはましだと諦めたようだ。何度目かになる溜息をついて、黙った。

彩智は満足したように笑みを浮かべていたが、ふと立ち止まって佳奈の方を向いた。

「久保田家の御典医って、誰？」

屋敷に戻った彩智と佳奈は、牧瀬家の御典医、栗田芳斉《くりたほうさい》を呼ぶように隆之介に命じた。久保田家の同役とも付き合いがあるのでは、と思ったのだ。隆之介は承知し、そのまま芳斉の住まいに向かった。

抜け出た裏木戸から、庭に入った。幸い、誰もいない。そうっと縁側に上がり、奥の居間の障子を開けた。

「お帰りなさいませ」

居間の控えに橘野が、侍女二人を従えて正座していた。ぎくりとして足を止める。

「あっ、あー、その、只今戻りました」

彩智は笑みを浮かべて言ったが、頰が引きつっている。佳奈はおとなしく刀を置いて正座した。

「どちらへおいででございましたか」

橘野は、毛筋ほども表情を動かさずに、聞いた。もちろん、愛想の笑みなどかけらも見せない。

「ええと、神田橋本町まで、ちょっと」

彩智は正直に言った。それで橘野には、満月堂に行ったとわかっただろう。だが、返ってきたのは「左様でございますか」のひと言だけだった。

橘野の冷たい視線が、二人に向けられる。どうにも居心地が悪い。橘野は普段から口数が少なく、今も叱責や苦言はない。ただじっと睨むだけだ。叱られるより、ずっと落ち着かなくなる。

「何卒、お慎み下さいますよう」

橘野の口から出たのは、それだけだった。なのに、つい気圧《けお》されてしまう。

「なるべく、そうします」

彩智が冷や汗が出そうな顔で、言った。橘野は何も返さず、後ろに控える侍女に命じた。

「お召し替えを」

侍女が一礼し、佳奈たちの普段着を入れた乱れ箱を捧げ持って傍に寄った。橘野は「では失礼いたします」と告げ、下がった。佳奈は思わず、ほうっと息を吐いた。

半刻ほどすると、橘野が再び現れた。表情は、先ほどと同じままだ。と言っても、橘野はだいたいいつも、この硬い表情を崩さない。漆喰《しっくい》で固めてあるんじゃないか、と佳奈は思う時がある。

「栗田芳斉殿が参りました」

隆之介に呼びに行かせた御典医が来たようだ。

「そうか。通すがよい」

彩智の返事に、ほんの僅か、橘野の眉が動いた。

「どこかお加減でも」

「いや、そうではない」

彩智は急いでかぶりを振った。今の橘野の眉の動きは、心配の表れだったようだ。要らぬ気を遣わせてはならない。

「少し尋ねたいことがあるのです。気にしないで」

佳奈が言うと、橘野はいつもの堅苦しい顔に戻った。

「失礼いたしました」

橘野が出て行くと、代わって芳斉が入ってきた。頭髪も、いかにも医者らしい泥鰌髭《どじょうひげ》も胡麻塩《ごましお》の、人の好い小柄な男だ。歳は五十を少し過ぎている。

「お召しと伺い、参上いたしました」

挨拶してから顔を上げた芳斉は、彩智と佳奈の顔をちらりと見た。それだけで、二人とも健康そうなのがわかったようだ。

「さて、どなたかお具合でもと思いましたが、別のお話のようでございますな」

いかにも、と彩智は頷く。

「さしたる用向きでないのに呼び立てて済まぬが、そなた、久保田家の御典医を存じておるか」

「常陸谷原の、久保田備中守様の？」

意外な問いだったようで、芳斉は少しばかり驚きを見せた。

「それでしたら、松原瑞仙《まつばらずいせん》殿ですな」

「どのような医師じゃ」

「さて、どのようなと言われますと……私も親しく行き来しているわけではございませんので」

芳斉は当惑気味になる。

「医術については確かであろう、とは存じますが」

大名家の御典医を務めているのだから、さすがに藪《やぶ》医者ではあるまい。知りたいのは、篤実な医師であるかどうかなのだが、芳斉はそこまで知らないらしい。

「悪い評判は特に耳にしておりませんが」とだけ言った。

「住まいはどこじゃ」

「確か、湯島《ゆしま》です」

答えてから芳斉は、何か察したようだ。

「もし瑞仙殿に何かお尋ねなさりたい、ということであれば、私めが承り、瑞仙殿のところに参りますが」

「いや、それには及ばぬ」

彩智は断った。自身で直に瑞仙という医師の話を聞きたいのだ。佳奈も、向き合って話せば相手の顔色などから、言い難いことも言外に窺えるだろう、と思っていた。

「奥方様おん自らお訪ねになるおつもりで？」

彩智の性分を多少は承知している芳斉は、少し心配そうに問うた。彩智は微笑みを返す。

「そなたに迷惑はかけぬ。心配は無用に」

芳斉は疑わし気な顔をしたが、それ以上は何も言わなかった。

その頃、隆之介は石動監物に呼ばれていた。監物の詰める座敷で向き合った隆之介は、きつい視線に射すくめられ、額にうっすら汗を浮かべている。

「満月堂に行って、主人と話したのか」

詰問されているように感じ、隆之介は平伏する。

「は、左様にございます」

「どんな話であった」

隆之介は、忠兵衛の話を一言一句違えず、伝えた。ただし、やくざ者にたかられた金を彩智と佳奈が取り戻した件には、一切触れなかった。奥方様と姫様が刀を振るってやくざ者を脅した、などと言ったら、監物は卒中を起こすかもしれない。

「ふむ、なるほど。客が十人余りも病になったのに、原因がわからぬ、と申すか」

「はい。忠兵衛殿も、すっかり困惑しておりまして」

「まあそれは満月堂の始末すべきことだ。しかし、久保田家の初音様の方は気になる。何しろ、奥方様と懇意にしておられるお方だからな」

だからお耳に入れたくなかったのだ、と監物は憂い顔で腕組みした。

「奥方様は、大いに心配されているはずだ。黙って久保田家の上屋敷に押しかけるようなことは、あるまいな」

「それは何とかお止めいたしました」

「何、やはり押しかけるおつもりであったか」

監物が目を剝いたので、隆之介は首を竦《すく》めた。

「やれやれ、胃が痛くなるのう」

監物は手で腹をさすった。すっかり気疲れしているようだ。それを見て、隆之介はつい正直に言った。

「御屋敷には行かず、先方の御典医を訪ねるということで収まりました」

「御典医だと？　では、やはりこの件に深入りをされるということか」

監物は眉を吊り上げた。

「何が収まった、じゃ。その方、それも止められなんだのかッ」

叱責の声が飛び、隆之介は青くなって畳に額を付けた。

「も、申し訳ございません」

「奥方様のご気性は、その方もよく承知しておろう。一旦その気になれば、我らの言うことなどお聞きにならぬ。何より難儀なのは、奥方様が真っ直ぐなお方で、人の道に照らせば正しいことをなさるからじゃ。下手に正面から論難すると、こちらが負けかねん」

これはもしかして、褒めているのか？

「しかも、佳奈姫様まで時に同調される。せめて姫様を引き込むのはやめていただきたいのだが」

「しかし、姫様が奥方様の手綱を引いて止められるところもございまして、奥方様だけで走れば、何が起きることか……」

「わかっておるわ！」

監物は苛立ったように脇息《きょうそく》を叩いた。

「姫様の方が奥方様より識者であることは確かじゃ。それはいい。厄介なのは、お二人の剣の腕じゃ」

剣の腕？　これは意外だった。お二人とも、相当な腕前ではないか。それを言うと、監物は顔を顰めた。

「腕が立ち過ぎることが厄介なのじゃ。姫様でも、当家の剣術指南役と立ち合って、三度に一度は引き分ける。奥方様に至っては、あの千葉周作殿が太鼓判を押すほどの天下無双。もし揉め事に巻き込まれたら、どうなると思う」

それは、と隆之介も困惑した。もし奥方様が幾人もの悪者を相手にする羽目になったら？　その時、奥方様が本気で怒っていたら？　先刻の柳原堤での児戯のようなことで済むはずがない。大袈裟でなく、相手は一人残らず膾《なます》にされ、切り刻まれ……。

「江戸市中でそのようなことになり、町奉行所が乗り出せば、当家はただでは済まぬ」

「御留守居役様の、おっしゃる通りです」

また額に汗が滲んだ。

「良いか板垣。我らは何としても、奥方様と姫様、いや、この牧瀬家を守らねばならぬ。その方、これより奥方様と姫様に張り付き、勝手に外に出られるのを止めること適《かな》わぬなら、片時も離れてはならぬ。揉め事が起きそうになったら、何としても収めるのじゃ。わかったか」

「ははッ、承知仕りました」

隆之介は、全身を強張《こわば》らせて平伏した。

廊下に出た隆之介は、天井を仰いだ。監物の真意は、わかっている。奥方様と姫様の警護をせよ、というのではない。二人とも、隆之介などより遥かに腕が立つのだ。もし奥方様と姫様が何か仕出かしそうになったら、何としても止めろ。止められなかったら、お前が一身に責めを負って、腹を切れ。そういうことだった。

大変な御役目を仰せつかったものだ。しくじれば、御家の一大事だ。隆之介は肩が重くなるのを感じた。

だが、と隆之介は思う。悪い話ではないのかもしれぬ。奥方様だけでなく、佳奈姫様にずっと張り付くことができるとしたら、それは……。隆之介は頰が火照るのを覚え、思わず咳払いした。

四

次の日、彩智と佳奈はまた若衆姿になると、そっと屋敷を出て、湯島に向かおうとした。だが、屋敷の塀を回り込んだところで、ぎくっとして立ちすくんだ。目の前で板垣隆之介が、出迎えるように恭《うやうや》しく頭を下げた。

「やはり、お出かけでございましたな」

ふう、と佳奈は降参する。

「気配を察して、待ち構えていましたか」

「はい。御留守居役様から、目を離さぬよう仰せつかっておりますので」

「引き戻そうというのね」

「いえ、それも難しゅうございます故、お供いたします」

どうせ止めても聞くまい、と言わんばかりだ。その通りなので、佳奈は彩智の顔を窺った。

「どうします、母上」

彩智は腰に手を当てて、隆之介を見返した。

「要らぬ、と言っても駄目でしょうね」

「それでは御役目が立ちゆきませぬ」

仕方ないわね、と彩智は首を左右に振る。

「湯島に行く。ついて参れ」

隆之介は安堵したらしく頰を緩めると、「ははっ」と頭を下げ、佳奈の後ろについた。その様子を見た佳奈は、隆之介には悪いけど、まるで忠犬みたいね、と吹き出しそうになった。

「それにしても、奥女中や侍女たちは止めぬのですか」

隆之介が聞いた。ええ、と佳奈は応じる。

「侍女たちにも気付かれぬように出てきています」

えっ、と隆之介が目を見張る。

「では、御着替えはお一人で」

別に感心されるほどのことでもないと思うが。「そうよ」と答えたものの、ちょっと気になった。着崩れたりしていないだろうか。

「変なところ、ないかしら」

袖を持ち上げて、聞いてみる。隆之介は目を瞬いた。

「いっ、いえ。変なところなど」

妙に慌てたように言う。

「その……大変失礼ながら、誠にお似合いで、お美しいと存じます」

あら、と佳奈は口元に手を当てた。世辞でも嬉しい。だけど隆之介、自分で言っておいてどうしてそんなに赤くなっているんだ。

一口に湯島と言っても、狭くはない。半分以上を昌平坂《しょうへいざか》学問所が占めているとはいえ、一丁目から六丁目まである。うまく見つかるかな、と心配したが、隆之介が五丁目の番屋からちょうど出て来た木戸番に聞くと、瑞仙の家はすぐにわかった。界隈では有名らしい。

「あれのようですね」

隆之介は、六丁目の一角を占める立派な門構えの家を指した。板塀に囲まれており、ちょっとした町道場くらいの大きさがある。さすがに御典医ともなると、その辺の町医者とはだいぶ違うのだろう。

「当家の芳斉殿の家に比べると、倍ほどはありそうです」

隆之介が門構えを眺めて言った。

「そうなのですか？　では、御典医の中でも格が高いのでしょうか」

「格はともかく、裕福には違いなさそうにございますな」

その時、門から中年の男が出てきた。恰幅のいい、四十過ぎくらいの商人風だ。供が一人いるところを見ると、相当な大店の主人か何かだろう。

「確かにお金のありそうな患者ですね」

ああいう人を多く診ているなら、実入りも多いでしょうと彩智が得心したように言う。

「あのような金持ちのところなら、医師の方から往診するものと思いますが」

隆之介が思案顔で言った。

「御典医ですから、町家への往診は控えているのかも」

往診中に久保田家から呼び出しがあっては具合が悪いので、重症でない町人の患者は自分のところへ来させているのでは、と佳奈が言うと、隆之介は、なるほどという顔になった。

「姫様のおっしゃる通りかもしれません。では、訪ねてみますか」

隆之介は門を入り、玄関で「御免」と呼ばわった。応対に出た弟子らしい若い男に、牧瀬家の家中の者だと告げる。奥方様と姫様、と口にしないあたり、さすがに分別を働かせているようだ。

弟子らしい男は驚きを見せ、お待ちをと言って奥に入った。それから、ほんの瞬きする間に急いで戻ってくると、床に手をつき、ご案内いたしますと告げた。そこで彩智と佳奈も玄関に入る。男は若衆姿の二人を見てかなり驚いたようだが、どういう方ですかと尋ねる無礼はせず、三人を奥に通した。

客間に現れた瑞仙は、家の構えから想像した通り、押し出しが良く、体つきも芳斉よりひと回りは大きかった。顔の色つやからすると、いかにもいい暮らしをしているようだ。歳は五十くらいか。髪の毛と顎髭は、だいぶ白くなっている。

「さて、牧瀬内膳正様のご家中と伺いましたが、どのようなご用向きでしょうか」

瑞仙は、やや当惑気味に問うた。普段、牧瀬家とは縁がないのだから訝《いぶか》しむのはもっともだが、当惑の半ば以上は、彩智と佳奈の出で立ちだろう。何者と思われているのだろうか。

　隆之介は、ちらっと彩智を見てから咳払いして、話を始めた。

「突然にお邪魔して申し訳ござらぬ。瑞仙殿は久保田備中守様の御典医をお務めと聞きまして、ちとお尋ねしたき儀が」

　ほう、と瑞仙の眉尻が上がる。

「何をお知りになりたいのですかな」

「は、実は備中守様のご側室、初音の方様のお加減が近頃お悪いと聞き及びまして、どのようなご様子かと」

　初音の名を耳にした途端、瑞仙の表情が硬くなった。

「どこでお聞きになりましたかな」

　隆之介は少々躊躇《ためら》いを見せたが、「満月堂にて」と正直に答えた。瑞仙の口元が歪んだ。満月堂忠兵衛が初音のことを漏らしたのが、気に入らないようだ。

「満月堂は、御家にも出入りしていたのですな」

「左様でござる」

　ふむ、と瑞仙がこちらを窺う。

「何故、初音様のことをお知りになりたいので」

「初音様と当家の奥方様は御懇意でおられまして、此度の話を聞き、お心を痛めておいでです。それで、お具合についてお伺いできればと」

ああ、と瑞仙は頷く。

「御家の奥方様のことは、耳にしたことがございます。ご心配いただだいている旨は私からお伝えしておきましょう。奥方様には、大事ないので心配ご無用に、と」

隆之介はまた、ちらりと彩智に目をやった。これでいいか、という問いだったようだが、大事ない、で片付けられては、ここまで来た甲斐がない。

「しかし、何日も臥せっておられるというのに、大事ない、とはいささか得心がいきかねますが」

彩智が横から口を出し、隆之介はびくっとして「あの……」と止めかけた。彩智は構わずに瑞仙を見つめる。瑞仙は、露骨に嫌な顔をした。

「御典医として、大事ないと申し上げておる。それ以上はございません。得心できぬというなら、御屋敷の方でお聞き願いましょう」

言い方が、やや尊大になった。女と見て、侮ったか。

「御屋敷へ直に伺えば、大袈裟になります。そう思ってこちらに参ったのですが」

瑞仙は、少しむっとした様子だ。

「私ならば喋るだろうと思われたか。御典医として、御屋敷内で見聞きしたことは、御屋敷の外ではお話しできぬ。それは御家の御典医殿も同じでしょう」

正論だ、と佳奈は思った。しかし、何か手はないか。見回したところ、この家の造りはかなり手が込んでいて、床の間の軸は漢詩の讃《さん》が入った唐《から》の水墨画、違い棚には黒樂《くろらく》の鉢が飾られている。だいぶ金がかかっていそうだ。もしかして、金を出せば喋ってくれないだろうか。

そんなことを思っていると、瑞仙の方から問うてきた。

「あなた方お二人は、奥向きにお仕えの御女中ですか。ここへ来られたのは、奥方様のお指図かな」

佳奈は、どう答えたものかと迷った。奥方と姫が来ましたよ、などといきなり名乗るのは如何なものかと考えた隆之介が、自分が話しますと言って前に出たのだ。彩智と佳奈は、従者の如くに後ろに控えたのだが、これで良かったのか。瑞仙は自分たちを奥付きの警護役の別式女で、隆之介より格下だと見たに違いない……。

考えていると、彩智が顔を上げ、膝を進めて隆之介の脇に出た。我慢できなくなったようだ。

「牧瀬内膳正の妻、彩智です。こちらは我が娘、佳奈です」

隆之介が、やっちまった、とでも言うように天井を仰いだ。瑞仙は、呆気にとられている。意外過ぎて、頭の中で今の言葉がうまく解せないようだ。

「あの……内膳正様の奥方様と、姫様で」

ようやく頭が嚙み合ったらしい瑞仙が、確かめるように隆之介を見て聞いた。

隆之介は仕方なく、というより半ば自棄《やけ》のように「左様です」と返した。

一瞬の間を置いて瑞仙が、がばっと平伏した。

「知らぬこととはいえ、大変ご無礼をいたしました。ひらにご容赦を」

いえ、気にしないでと彩智は言った。

「こちらが黙っていたのですから、当然です。顔を上げて下さい」

瑞仙は、彩智の言葉に従ってゆっくり体を起こした。額にうっすら浮いているのは、冷や汗だろうか。

彩智は隆之介を下がらせ、改めて自身で尋ねた。

「初音様のことですが、もう少し詳しく聞かせてもらえませぬか」

「は……」

瑞仙はなおも渋りかけたが、四万石の奥方が直々に頼んでいるのだ。さすがに木で鼻をくったような答えは返せまい。一呼吸置いて、話し始めた。

「十四日ほど前、お具合が悪いとの知らせがあり、すぐに参上しまして、診させていただきました。お腹のお具合が良くなく、吐き気も強いということで」

さすがにご側室のことなので、下痢、嘔吐《おうと》といった言葉は使わない。

「満月堂の羊羹ですか」

「はい。羊羹を食されましてから二刻ばかり後に症状が出たとのこと。羊羹の一刻後に夕餉《ゆうげ》を召し上がったそうですが、他のご側室様も同じ献立を食されてお り、そちらのお方は一切、お具合が悪くなられておりません。やはり羊羹のせいと見るべきかと」

「羊羹は初音様以外に誰も、口にしなかったのですね」

「左様でございます。後で調べましたら、同じ羊羹で市中に病人が出たとのこと、これはもう間違いないと判じました次第で」

瑞仙は町方までちゃんと調べに行ったらしい。医師として手抜かりはないようだ。

「でも、満月堂が言うには、皆数日で治っておるようですね。初音様の場合は、どうして長引いているのでしょう」

彩智が疑問を呈《てい》すると、さてそれは、と瑞仙は困惑を顔に出した。

「食あたり、と言って差し支えないと存じますが、これも他の病と同様、人によって差が出ます。人の体と申しますのは千差万別、病に抗《あらが》う力が強い人もおれば弱い人もおります。三日で治る人もいれば、六日かかる人もいる、という次第でございまして」

「しかし、初音様はもう十四日。初音様が特に病に弱いとは思えませんが」

大名家にも日陰の花の如き線の細い手弱女《たおやめ》はいるが、彩智と佳奈の知る初音は快活で、蒲柳《ほりゅう》の質には見えなかった。

「はい。ただ、こう申しましては何ですが、大名家のご側室様が召し上がるのは、選び抜かれた良いものばかり。傷んでいるものなど、まずお口に入らないでしょう。何でも食する町方の健啖《けんたん》な者たちよりは、どうしてもお弱くなるかと存じます」

「そんなものでしょうか」

彩智は首を傾げている。まあ、母上はどの方向からも「お弱い」というのは当て嵌《は》まらないから、ピンと来ないのだろう。

「お薬は無論、飲まれているのですよね」

佳奈が聞いた。瑞仙は当然のごとく「はい」と答える。

「食あたり、腹下し、胃腸の不具合に効く薬をお出ししております」

瑞仙の言い方に、少し自信なげな響きがあった。

「あまり効いていないのですか」

佳奈が確かめると、瑞仙は急いで言った。

「いえ、効いていない、ということはないはずですが」

薬が間違っていない以上、効くはずだ、との考えらしい。しかし、初音が快方に向かっていないことも認めた。

「良くなる気配がない、というのなら、とても心配ですが」

彩智の目が険しくなる。さっき、大事ないので心配ご無用、とだけ言われて追い返されそうになったことを怒っているのだ。瑞仙もわかっているようで、目を伏せている。

「このままずっと起きられない、などということもあるのでしょうか」

「いえ、それは」

瑞仙はかぶりを振った。だが、確信がある、という感じでもなさそうだ。

「食あたりで寝込まれたことで、他にもお具合が悪いところが出ているのかもしれません。全身の倦怠《けんたい》などもおありのようです。ただ、明らかな原因というものが見えませんので、お日にちが経てば回復なさると、考えております」

どうも曖昧《あいまい》だな、と佳奈は思った。この医師、本当に信用していいんだろうか。もしや家柄や、伝手《つて》のある誰かの特別な引きで御典医に納まった、藪医者なのではあるまいか。

「他の病の心当たりは、ないのですね」

彩智が念を押すと、瑞仙は「今のところ、ございません」と答えた。

どうする、と言うように彩智が佳奈の方を向いた。もうこれ以上、聞けることはなさそうだ。佳奈は頷き、彩智は「突然押し掛け、相済みませんでした」と詫びると、隆之介を促して立ち上がった。瑞仙は門まで見送りに出た。

去りかけて、佳奈はふと振り返ってみた。瑞仙はちょうど、向きを変えて門内に入るところだった。その横顔を見た佳奈は、おや、と思った。そこには、安堵と不安がないまぜになったような、奇妙な表情が浮かんでいた。

屋敷に帰り着いて、いつものように裏木戸から入ろうとそちらに回りかけた。

だが、今日は隆之介が一緒だ。ということは、公の外出と同じだから、別にこそこそする必要はないのではないか。

そう思った佳奈は彩智に話して、堂々と表へ回り、表門の潜り戸を開けさせて屋敷に入った。だが、隆之介と別れて奥へ入る時は、家士たちや奥女中たちが詰めている御殿内を通らず、庭から行った。橘野や監物と鉢合わせするのを避けたのだ。度々の忍びの外出にはもう気付かれているにしても、苦言や嫌味は御免蒙《こうむ》りたかった。

誰とも顔を合わせず、うまく部屋に入った。自分たちだけで、ささっと普段の着物に着替える。

袴などを片付け、座って一息ついた途端、「失礼いたします」と橘野の声がした。まるで計ったような間合いに、思わずぎくりとする。

入れ、と応じると、襖が開いて橘野が茶を運んで来た。彩智と佳奈の前に茶碗を置くと、無言で一礼し、そのまま退出する。彩智と佳奈の顔を一度ずつ、正面から見たが、外出については何も言わなかった。笑いも怒りもしないので、酷く緊張してしまう。寧《むし》ろ、勝手に何をなさっているんですかと叱られた方が、すっきりするような気がしてくる。

襖が閉まってから、彩智が大きく息を吐いた。

「やれやれ。静か過ぎて怖いわ」

「何か思うところがあるのでしょうけど……まあ、気にしないでおきましょう」

奥女中の筆頭にこちらが気を遣うのは、本末転倒だろう。だがそう思えないところに、橘野の重みがある。おかげで牧瀬家の奥女中たちは、躾《しつけ》が行き届いていると評判であった。

さて、と彩智が気を取り直したように言った。

「あの瑞仙という医者、どう思った」

「うーん……信用できるかどうかは、何とも」

佳奈は瑞仙の表情と物言いを、思い出しながら言う。

「お金は、好きそうに見えましたね」

そりゃ、誰だってそうでしょう、と彩智が笑った。

「欲が深そう、っていう話ですよ。きっと診療代も高いんでしょうね」

佳奈が言い換えると、彩智も「そうね」と同意した。

「初音様がなかなか本復しない、というのは、あの医者のせいなのかしら」

「藪医者で、診立てを誤っているいると思うんですか」

佳奈の言葉に彩智は、うーんと考え込む。

「何とも言えないわねえ。ご本人の様子をこの目で見てないんだもの」

やっぱり直に初音を見舞いたい、とその顔が言っている。

「そうですね。でも、私たちも医術の心得があるわけではないし、お見舞いしても何もできないかもしれませんが」

「それはそうだけど……」

彩智はどうしても自分の目で確かめたいらしい。気持ちはわかるが、どうすれば波風立てずに初音に会えるか、佳奈にも思いつかなかった。

隆之介の報告を聞いた石動監物は、渋面になった。

「その松原瑞仙と申す久保田家の御典医に、牧瀬家の正室と姫だと名乗ってしまったのか」

「はい、お止めはしていたのですが、瑞仙殿がなかなか口が堅かったもので、いきなりご自身で……」

「言い訳はよい。言ってしまった以上、仕方がない」

監物は、お前がしっかりしていないからだ、とばかりに隆之介を睨んだ。隆之介としては、返す言葉がないので俯くしかない。

「久保田家に聞こえたら、面倒だぞ」

「瑞仙殿には、帰り際にこっそり口止めしておきました」

「そうは言っても、向こうは久保田家から禄を貰っておる。口止めしても、従ってくれぬかもしれんぞ」

「はあ、それは……」

じゃあ、どうすれば、と隆之介は言いたかったが、黙って頭を低くしておいた。

「しかし、瑞仙の話によれば、初音様の病状は十何日経っても一向にすぐれぬ、ということだな。さて、羊羹の食あたりでそれほど重くなるものかな」

おや、と隆之介は少し顔を持ち上げた。監物様も、この一件に興味を示し始めたのか。

「はい。食あたりになった者たちの中で、初音様が最も重く、長引いているというのがどうにも解せぬところで。瑞仙殿はもっともらしい解釈を述べられていましたが、それがしはどうも、すっきり腑《ふ》に落ちた、とまで申せませぬ」

「ふむ。瑞仙の立場では、主家の恥となるようなことがあれば、気付いたとしても口外できぬであろうからな」

「恥となるようなこと、ですか」

隆之介は監物の表情を窺った。

「御留守居役様には、何かお気になることとでも」

いや、と監物は制するように言う。

「大名家の内々には、いろいろあるものじゃ。その方も、言わずとも察しはできよう」

ふうむ、と隆之介は考える。監物の言う通り、どの大名家にも跡目争いや勢力争いは起きる。命のやり取りまで進むほど大ごとになれば、御家騒動として減封や改易の沙汰を受けかねないが、そこまで行かずとも揉め事の種は皆、抱えているものだ。若輩の隆之介も、そのくらいは承知している。牧瀬家は今のところまずまず穏やかだ。御し難い奥方様のことも、他家の骨肉の争いに比べれば笑い話の域に納まっている。まあ、監物様にとっては笑い話どころではなかろうが。

「奥方様は、得心されておらぬのだな」

「はい。却《かえ》ってご心配、と申しますか、お疑いが増したご様子で」

そこで隆之介は、思い切って言ってみた。

「如何でしょう。奥方様や姫様のご懸念を晴らすべく、それがしが調べてみましょうか」

もしうまく行けば、姫様の覚えがめでたくなるかも。ついそう思ったのだが。

「たわけたことを申すな！　他家の内懐に手を突っ込んで、掻き回すつもりか。身の程をわきまえよ」

監物に一喝され、隆之介は慌てて顔を伏せた。

「出過ぎたことを申しました。お許しを」

「その方まで引き摺られてどうする。しっかり奥方様と姫様を繋ぎ止めるのが、その方の役目ではないか。しかと心得よ」

「ははっ、身命を賭して、お守り申し上げます」

隆之介は背筋を強張らせて、退出した。


その次の日のことである。彩智と佳奈の様子を伺いに行った隆之介は、二人がまだ初音様のことについて考えあぐねているのを見て、気遣いつつも安堵した。少なくとも今日は、二人して勝手に動き出すことはなさそうだ。

ほっと一息ついて、表の方に回った。勘定方の連中が忙しそうに机に向かっているのをちらりと見ながら、廊下を進んでいると、朋輩《ほうばい》の一人と出くわした。用向きがあって外出し、帰ってきたところらしい。

おう、と軽く挨拶して行き過ぎようとした朋輩が、思い出したように振り向いた。

「おい隆之介、満月堂というのは当家出入りの菓子屋だったな。奥向き近習のお主なら、知っているか」

思わぬ相手から満月堂の名が出て、隆之介は驚いた。

「ああ、知ってる。いろいろあって今は出入りを差し止めているが、一昨日主人に会ってきたところだ」

満月堂がどうかしたか、と聞くと、朋輩は意外なことを言った。

「店の前を通ったんだが、野次馬の町人たちがいろいろ話していてな。何でも、つい先刻、主が役人に縄をかけられて連れて行かれたそうだ。何をやったのか知らんが、出入り差し止めになっていたなら、当家としては関わりはないよな」

気にすることもあるまい、と朋輩は歩み去った。隆之介は困惑した。関わりはない、では済まないだろう。これは奥方様と姫様に、お伝えすべきか否か……。

五

隆之介は屋敷を出ると、急ぎ足で神田橋本町に向かった。奥方様たちに知らせるにしても、もっと詳しく事情を聞かなくてはならない。もし食あたりについて満月堂が悪事を働いていた証しが出たのなら、奥方様には、もうこちらが口を出す話ではない、ときっちり了解してもらわねばならなかった。そうなれば隆之介としても一安心だ。

満月堂の前に行くと、大戸を閉めているのは一昨日と同様だが、今日は六尺棒を持った奉行所の小者が二人、張り番に立っていた。事情を聞きに店に入るのは、難しそうだ。

店の前の通りには、野次馬が何人もたむろしていた。主人が引っ立てられてから、まださほど時は経っていないのだろう。隆之介は辺りを見回し、羽織姿の初老の男が、岡っ引きらしいのと立ち話をしているのを見つけた。親類縁者か、町名主かもしれない。隆之介は二人に近付き、声を掛けた。

「済まぬが、ちと邪魔をする。満月堂の縁者の方かな」

白髪頭の初老の男がこちらを向き、隆之介の姿を見て腰を折った。腰に十手を差した岡っ引きは、一度頭を下げたものの、胡散《うさん》臭げな視線を向けてくる。隆之介は、そちらとは目を合わせないようにした。

初老の男は、正左衛門《しょうざえもん》と名乗った。やはり、ここの町名主だった。

「御武家様は、どちらのご家中でいらっしゃいますかな」

隠すことでもないので、隆之介は満月堂が出入りしていた牧瀬家の者だと告げた。

「主人忠兵衛が、お縄になったと聞いたが」

左様でございます、と正左衛門は丁重に答えた。

「食あたりが出たことは承知しているが、何か新しく証しでも見つかったのか」

「実は、人死にが出てしまったのでございます」

人死に、と聞いて隆之介は目を見張った。

「満月堂の羊羹で食あたりを起こした者が、死んだというのか。これまでは皆、数日で本復していたはずだが」

よくご存じで、と言ってから、正左衛門は声を落とした。

「昨晩の話です。羊羹を食べたあるご隠居が、苦しんで亡くなったということで」

「昨晩？　しかし満月堂は店を閉め、羊羹は売っていなかったのではないのか」

「満月堂さんがお役人の御指図で店を閉めたのは五日前です。その前に買われて、一家で食あたりになったそうで。ご隠居だけは、お年のせいでしょうかねえ、ずいぶん具合が悪くなって、何日か寝込んだ挙句、とうとう昨晩、とお聞きしました」

正左衛門は、いかにも気の毒という風に首を振った。

「ご隠居が亡くなったのは、羊羹を食べたせいで間違いないのだな」

「さて、手前はそこまで詳しく存じませんが、お役人が縄をかけられた、ということは、そうなのでしょう」

後は役人に聞いてくれ、ということか。隆之介は正左衛門に礼を言って、その場を離れた。

さて、どうしたものか。隆之介は腕組みしながら思案した。八丁堀役人に話を聞く、というのは少々面倒だ。何故に牧瀬家の者がこの一件に関わるのか、と問われるに決まっている。八丁堀を得心させるような答えは持ち合わせていないので、ここは控えるしかない。

そうだ、死人が出たことで奉行所が本気で乗り出してきたわけだから、もう我々の出る幕はない。そうお伝えすれば奥方様も控えられるだろう。隆之介は一人で頷き、死んだご隠居には悪いが、肩の重荷が軽くなった気がした。


そうは問屋が卸さなかった。

「何、人が亡くなって、奉行所が忠兵衛をお縄にしたと?」

彩智は隆之介の話を聞いて、顔色を変えた。

「そのご隠居というのは、間違いなく羊羹のせいで亡くなったのか」

隆之介が正左衛門に聞いたのと同じことを、彩智も口にする。

「それは、しかとは。詳しいことは役人に聞くしか……」

そこで隆之介は、あっと口を押さえた。しまった、これでは役人のところへ行けと言ったようなものではないか。

「そうか。ようわかった」

案の定、彩智は大きく頷いて腰を浮かせた。目がぎらぎら輝いている。

「佳奈、行きますよ。支度なさい」

　はい、と佳奈は返事したものの、顔に苦笑のようなものを浮かべている。隆之介は慌てた。

「あの、奥方様、どこへおいでに……」

　彩智は、聞かなくてもわかるだろうという口調で、返した。

「番屋です。捕らわれた者は、まずそこに行くのであろう」

「町方の番屋に、奥方様がですか！　さすがにそれは」

「奉行所へなど行ったら、余計に大ごとであろうが」

「それは無論、そうですが」

　どっちにしたって大騒ぎだ、と隆之介は言いそうになる。そこへ佳奈が割って入った。

「母上、町方の番屋と奉行所はまずいということでしたら、頃合いを見て大番屋に行っては」

「大番屋？　ああ、そう言えばそんなものがあったわね」

　ならそこにしましょうか、と彩智は座り直した。いや、大番屋ならいいというような話じゃない。もう一度止めようと口を開きかけると、佳奈がさっきと同様の苦笑を隆之介の方に向けた。煽るようなこと言っちゃって、お馬鹿さんねえ。

そう言われた気がして、隆之介は頬が熱くなった。

翌日、様子を見て来いと言われた隆之介は、橋本町の番屋へ出向いた。いつ大番屋に行けばいいのか、知りたいということだ。隆之介としては何としても止めたいのだが、隙を見て勝手に行かれたらさらに厄介だ。監物様の耳に入れれば激怒するだろうが、板挟みになるなら、姫様に従う、という方を取るしかない。隆之介はそう決めた。

番屋には、木戸番一人しかいなかった。聞いてみると、忠兵衛は半日の詮議で大番屋に送られたそうだ。故意の罪でもなく、忠兵衛も職人も何が原因かわからない、というのであれば、自白させることもないので、早々に御白州《おしらす》に出せるよう進めていくつもりだろう。

隆之介の話を聞いた彩智は、では明日にも出向きましょう、と言った。すっかり前のめりになっている。

「しかし、大番屋に行かれても、忠兵衛に会わせてはもらえぬと存じますが」

「わかっておる。詮議中ですからね。捕らえた八丁堀の者に、話を聞ければよい」

「であれば、わざわざ出向くより、八丁堀同心をここへ呼んでよくよく事情を話された上で、向こうの話をお聞きになった方がよろしいのでは」

どのみち不審がられるなら、まだその方が無難、と思えた。だが、彩智は承知しなかった。

「そんなことをして、監物にどう説明するのじゃ」

ごもっともです。隆之介はがっくり頭を垂れた。佳奈が、くすっと笑うのが見えた。

次の日の昼前、大番屋の座敷に座った佳奈は、四方にきょろきょろと目をやった。大番屋など、来るのはもちろん初めてで、どんなところかと思っていたのだが、通されたのは何の変哲もない八畳間。見たところ、普通の屋敷と変わらない。忠兵衛が入れられている牢や、罪人を詮議する場などがあるはずだが、関わりない佳奈たちに見せる気はないのだろう。

「お待たせをいたしました」

襖が開き、着流しに黒紋付きを羽織って朱房の十手を差した同心が現れた。年の頃は、三十かそこらだろう。細面で、いかにも八丁堀らしい、人を射貫くような眼差しをしている。

「北町奉行所定廻り方同心、萩原藤馬《はぎわらとうま》と申します。皆様方は、牧瀬内膳正様のご家中と伺いましたが」

「はい。牧瀬家江戸詰め近習、板垣隆之介です」

隆之介が、軽く頭を下げた。三十俵二人扶持の町方同心より、百石取りの隆之介の方が侍としては格上になる。だが町方同心は徳川将軍家の直臣であり、江戸市中においての力は相当なものなので、隆之介も気を遣っているようだ。

萩原が、それでこちらは、と促すように彩智と佳奈を見た。隆之介は眉根を寄せたが、佳奈は構わぬ、と声に出さずに告げた。ただの奥女中や陪臣《ばいしん》だと名乗っても、知りたいことを全部話してくれるとは思えなかった。彩智も佳奈もそのつもりで、今日は若衆姿はやめていた。

彩智が身分を明かすと、萩原は仰天して目を剝いた。さっと居住まいを正し、畳に両手をつく。

「奥方様と姫様でございましたか。お呼び下されればすぐにも参上いたしましたものを、このような場所にお運びとは、恐れ入りましてございます」

「いえ、こちらが勝手に参ったのです。気遣いは無用に」

彩智が言うと、萩原はもう一度「重ねて、恐れ入りまする」と応じてから顔を上げた。

「満月堂のことでございましたな。大変失礼ながら、何故牧瀬様の奥方様と姫様が、あの一件についてお知りになりたいのですか」

佳奈は、少し驚いて萩原を見た。この男、こちらの身分を知って態度こそ丁重になったが、卑屈になる様子は全く見えない。疑いが見えれば相手が誰でも遠慮はしない、とでもいうような、堂々とした構えだ。これは、信用できる役人かもしれない、と佳奈は思った。

「満月堂が当家出入りであったことは、承知かと思いますが」

彩智が言うと、萩原は「いかにも」と頷いた。無論それだけが理由ではなかろう、と言いたげだ。こういう男に、誤魔化しは利かない。彩智もそう見て取ったらしく、初音のことを含め、経緯を全部話した。隆之介はというと、半ば諦めたように黙り、彩智の思うままに喋らせている。

聞き終えた萩原は「なるほど」と呟き、少し思案する素振りを見せてから言った。

「奥方様には、久保田家の内で何やら不穏なことが起きているやもしれぬ、とご心配ですか」

彩智はそういう言葉は口に出さなかったが、萩原は見抜いたようだ。

「それは私からは、何とも申せませぬが」

彩智としては珍しく、慎重な言い方だった。

「ふむ。しかし、そうであったとしても他家のことに奥方様が乗り出されるのは、いささか筋違いかと存じますが」

遠慮のない物言いに、隆之介が眉を逆立てた。佳奈は手振りで、邪魔をするなと抑える。

「久保田家のことよりも、初音様が心配なのです」

「ご側室が、ですか」

「私のような立場では、友と呼べるお方がとても少ないのです」

隆之介が、はっとした様子を見せた。萩原は、彩智のその言葉に頷いた。

「ご無礼いたしました。そういうことならば」

萩原は、彩智の心情を解した、というように幾分か表情を緩め、忠兵衛を捕縛した理由について話し始めた。

「下谷坂本町《したやさかもとちょう》に、市之屋《いちのや》という傘屋がございます。夫婦でやっている小さな店ですが、そこの主人が八日前、客先から満月堂の羊羹を貰ったのです」

市之屋の者が自分で羊羹を買ったわけではないようだ。

「満月堂が店を閉める前の日ですね」

彩智が確かめると、萩原は「その通りです」と答えた。

「その人は、食あたりのことを知らなかったんですか」

「食あたりが出ていると、江戸中に広まっていたわけではございませんから。運が悪かった、と言うしかないでしょう」

萩原は嘆息した。羊羹を市之屋に渡した客は、さぞ後悔していることだろう。

「市之屋の家族は皆、お腹をこわしたのですか」

佳奈が聞いた。萩原は頷く。

「家族は夫婦と隠居と子供二人で、みんな腹をやられました」

「ご隠居以外は、治ったのですね」

「ええ。幸い、二日ほどで。他に食あたりになった連中も、だいたいそんなところでした。それだけで終わっていれば、さしたる騒ぎでもなかったのですが」

満月堂への沙汰も、厳しく叱りおく、という程度で済んだだろう、と萩原は残念そうに言った。

「死人が出ちまった……出てしまいました以上、簡単に済ませるわけには参りませんからねえ」

それはわかりますが、と佳奈は首を傾げる。

「他の家族が本復したのに、どうしてご隠居だけが亡くなったのでしょう。本当に羊羹のせいなのですか」

「何せ、七十過ぎの年寄りでございますから」

萩原は、それでわかるでしょう、とでもいう風に答えた。

「食あたりに限らず、毒気のあるものを食しても、人によって差が出るから、と言いたいのですね。年寄りなので病に抗う力が弱かったと」

佳奈は、瑞仙の話を思い出しながら言った。

「おっしゃる通りです。あの羊羹でやられた者の中で、市之屋の隠居が一番の年《とし》嵩《かさ》でした。他は皆、五十より下です」

それに、と萩原は付け加えた。

「倅《せがれ》、つまり市之屋の主人の話だと、隠居は近頃、心の臓が悪かったようで。隠居したのもそのせいだとか。当人は、まだまだ仕事をしたかったらしいですが」

「医師は何と言っているのです」

「町医者の診立てでは、食あたりで心の臓に負担がかかったのだろう、ということでした。そうなると、やはり羊羹のせいで死んだ、と言わざるを得ません」

佳奈はちょっと得心しかねたが、食あたりにならなければ心の臓も無事だった、と言われると、否とも言い難かった。

「羊羹は残っていないのですね」

「はい。市之屋の者たちが、残らず食べてしまいましたそうで」

残りがあれば、芳斉に渡して調べさせたら何か出るかもしれないと思ったのだが、仕方がない。と言っても、どう調べればいいのか、調べてわかるものなのか、佳奈には見当がつかなかったが。

「このぐらいで、よろしゅうございましょうか」

萩原が言った。遠慮がちではあるが、素人に引っ掻き回されたくない、との考えが透けて見えた。彩智も佳奈も、これ以上聞くことが思い浮かばないので、礼を言って退散することにした。だが、「何か思い付きましたら、また尋ねます」と言い置くのは忘れなかった。萩原は嫌そうな顔をしかけたが、さすがに表情を繕《つくろ》って「何なりと」と如才なく応じた。

大番屋を出た佳奈は、後ろに付き従う隆之介に聞いてみた。

「そなた、今の話をどう思いましたか」

「は……あの萩原という同心の申す通り、死んだ隠居にとっても満月堂にとっても、運が悪かったと存じまするが」

「運で片付けて良いものでしょうか」

言われた隆之介は、答えあぐねてか、眉間に皺を寄せた。

「姫様には、何かお考えがおありでございますか」

「いいえ。ですが人一人亡くなったのです。軽く捉えるべきではありません」

それを聞いて、そうです、と彩智が顔を向けた。

「そもそも、食あたりの原因がわかっておらぬ。ただの食あたりで心の臓にまで重い負担がかかる、というのはどうもおかしな気がする」

「しかし……医者がそう申しておる、ということですから」

隆之介は宥めるように言ったが、彩智は要領を得ない顔をしたままだった。

屋敷に戻り、部屋着に着替えて一息つくと、いつも通り橘野が茶を運んで来た。表情も相変わらずで、咎めのひと言もない。大番屋へ行ったことまでは耳にしていないだろうが、彩智と佳奈は、ついもじもじした。

下がり際、ふいに橘野が言った。

「栗田芳斉殿が、参っております」

「芳斉が？　誰か具合でも」

彩智が聞くと、橘野は淡々と答えた。

「監物様がお呼びになりました。胃のお具合が少々すぐれぬと」

監物が胃痛？　佳奈は思わず彩智と顔を見合わせた。

「左様か。無理せず大事にせよと伝えよ」

「畏まりました」

「ああ、そうじゃ。済んだら芳斉に、こちらへ参るよう申せ」

橘野の眉が、微かに動いた。

「奥方様、どこか……」

「いや、体は息災じゃ。また尋ねたいことがあるだけなので、気にせずとも良い」

急いで答えると、橘野はそれ以上聞かずに出て行った。

「どうしたんでしょう。監物が胃の患いなんて」

彩智が心配混じりの嘆息と共に漏らした。佳奈は肩を落とす。

「たぶん、私たちのせいなんじゃないかと」

「私たちが、胃が痛くなるほど監物に気苦労をかけているっていうの？」

彩智は驚いたように言ってから、眉尻を下げて呟いた。

「うーん。もしかすると、そうなのかしら」

母上、自覚してなかったんですか。

佳奈が呆れていると、襖の向こうから橘野の声がした。

「芳斉殿が来られました」

「うむ。入られよ」

襖が開き、芳斉が一礼して膝を進めた。

「大儀じゃ。して、監物の具合は」

「はい。大したことはございませぬが、何やらご心配事がおありのようで、神経が胃に障《さわ》っておりますご様子。胃痛に効く薬を差し上げました」

ほらごらんなさい、と佳奈は彩智の方を見やる。彩智は目を背けて咳払いした。

「さ、左様か。大したことがなければ、まずは良かった。監物もなかなかに多忙で、疲れがたまっておるのやもしれぬの」

よく言うよ、と佳奈は笑いを噛み殺す。

「仰せの通りかと。監物様には、心平らかに、時には休まれるようご助言申し上げました」

いかにも、と彩智が少し赤くなって頷く。芳斉は続けた。

「時に、お尋ねの儀ありと伺いましたが」

おお、そうじゃと彩智は膝を叩く。

「実は、満月堂の羊羹による食あたりで、心の臓を悪くして亡くなった者がいると聞いた。そのようなこと、あるものなのか」

「ほう、食あたりで心の臓を？」

芳斉は髭を撫でるようにして、首を傾げた。

「あまり聞かぬ話でございますが、どちらでお耳に」

「えーっと、それは……そう、隆之介が人づてに聞いたとかでな」

「板垣様が。左様でございますか」

芳斉は一応得心したようで、彩智の問いについて考え始めた。

「もともと心の臓の悪いお方だったのですかな。発作を起こされたとか」

「そう聞いておるが」

「満月堂のことについては私も耳にしましたので、自身で少しばかり聞き回ってみたのですが、あの羊羹で食あたりを起こして、重篤になった方はおられなかったはず。腹を下した程度から心の臓の発作、というのはいささか妙な気がいたします」

「ほう、妙だと思うか」

彩智の目が鋭くなった。

「あり得ぬ、とまでは申しません。その食あたりの原因になったものが、亡くなった方の体に合わなかった。その度合いが酷かった、ということもあるでしょう。ただそれは、その方が体の中に他の人は持たぬ弱点を持っていた、という場合です」

蜂に刺されただけで死ぬ人もおりますからな、と芳斉は言い添えた。そこで佳奈が聞く。

「この食あたりの素は、毒の一種だったのでしょうか」

「それはわかりかねます。羊羹にあたった方を、私は診ておりませんので」

芳斉は医師らしく、軽々に断じることを避けた。だがその顔を見ると、この食あたり自体に怪しげなものを感じているのは、確かなようだった。

芳斉が帰ってから、彩智は何やら考えている様子であった。佳奈の頭に懸念が浮かぶ。彩智がこんな風に真面目に考えだすと、大抵の場合、不穏なことを思い付いてしまうのだ。言うまでもなく、今最も気になっているのは、あの死んだ隠居のことだろう。だとすると……。

「ねえ佳奈。その亡くなった隠居の家に行って、いろいろ聞いてみてはどうでしょうね」

また聞きのまた聞きでは、芳斉もはっきりしたことは言えないようだし、と彩智は言った。同意を求めるように、佳奈の方を向いてにこっと笑う。いや、さすがにそれは……。

「縁もゆかりもない町家に押しかける、とおっしゃるんですか、母上」

「縁もゆかりも、と言えばそうでしょうけど……あなた、この一件についてもっと知りたくないの？」

彩智は佳奈の顔を覗き込むようにしている。まいったなあ、と佳奈は内心で呻いた。初音を心配する気持ちは、佳奈も彩智と同様だ。だが、彩智のやろうとしていることは、その域をはるかに超えている。町方役人の領分に勝手に入り込むというのは、どう考えてもやり過ぎだった。

（けど、一度言い出すと聞かないんだよなあ）

彩智は、こうすべき、と思ったら限度を超えてのめり込む傾向がある。今はどうやら、その向きに入り込んでしまったようだ。

「知りたいとは思いますけど、牧瀬家がそこまで関わるべきことでしょうか」

「もちろん牧瀬家が、じゃないわ。関わろうとしているのは、私よ」

大名家の奥方が、家の立場を無視して関わろうなんて、そんなのありですか？　でも、駄目だと言って独りで出かけたりしたら、何を仕出かすかわからない。

「はいはい、わかりました。私も行きます」

彩智の顔が、ぱっと晴れる。

「でも、若衆姿はやめといた方がいいと思います。あの格好で見知らぬ町家を訪ねたら、どう思われるか」

きっとご近所が大騒ぎになります、と言うと、彩智は残念そうに口を尖らせた。

「だって、あの格好じゃないと刀を持てないでしょう」

「刀、要ります？　そこから離れて下さい」

うーん、と彩智は指を口元に当てて唸った。

「しょうがないなぁ。佳奈がそう言うなら、我慢する」

やれやれ、我が母ながらまるで子供だ。

六

翌日、彩智と佳奈は地味めの外出着に着替えて、裏木戸を出た。梅鼠《うめねず》の地に楓の裾模様で、染め具合と葉の散らし方が違うだけの、ほぼお揃いだ。髪形もおかしくない程度には直したし、この出で立ちなら、普通の武家の御女中に見えるはずだ。通りを歩いても、特段目立つことはないだろう（たぶん）。毎回これなら、余計な気を遣わなくて済むのだが。

黙って出たけれど、やはり隆之介は表通りに出る角のところで待っていた。余程普段から二人の動きに注意しているのだろう。橘野か奥女中の誰かが、密かに見張っていて知らせているのかもしれない。だとすると、木戸を出る前に阻止されないだけマシだ。

「本日は、割合に目立たぬお姿でございますな。安堵いたしました」

隆之介は、彩智と佳奈のおとなしい格好を見て、目を細めた。

「若衆姿をやめてほしいなら、今日のお姿の方がお美しい、とか言えばいいのに」

からかってやると、隆之介は真っ赤になって「は、はい。お美しいです」と言った。ほんと、不器用なんだから。

「でも、刀がないとねえ」

彩智はまだ不満らしい。

「いえ、もし何かあれば、それがしが命に代えてお守りいたします」

隆之介は真剣な顔になって言う。だが、隆之介の剣の腕は、家中でも下から数えた方が早い。佳奈と十回立ち合えば、間違いなく十回とも負ける。

「あ、そうか」

彩智が手を叩き、隆之介の腰の大小を指差した。

「いざとなったら、隆之介の刀を取って使えばいいんだ」

そんな、と隆之介は情けない顔になる。本当に危ない場面に遭遇したら、彩智は冗談抜きでそうするに違いあるまい。

「それで、どちらへ」

気を取り直したように、隆之介が聞いた。

「下谷坂本町です」

「例の食あたりで隠居が死んだ、市之屋とかいう傘屋でございますな」

隆之介も予想していたらしく、驚きはしなかった。

「わかりました。参りましょう」

おや、今日は素直だ。

「止めないんですね」

「止めてもお聞き入れ下さらないことは、重々わかりました」

開き直ったかのように、言った。

「ただし、牧瀬家の名は出さぬようお願いいたします。今日のお姿ならば、さして不審に思われることもございますまい」

「若衆姿って、そんなに不審かしら」

彩智は、ちょっと不満そうに言ったが、まあいいわ、と佳奈と隆之介を引き連れて歩き出した。

下谷坂本町は、江戸市中の北の端の方になり、日光《にっこう》街道沿いに家並みが続いている。番屋で尋ねて行き着いた市之屋は、その家並みの中ほどにあった。街道に面しているが、間口は二間もない小さな傘屋だ。表戸は閉まり、忌中の貼り紙がしてあった。

「お疲れではございませんか」

隆之介が二人を気遣って問うた。

「いえ、大丈夫よ」

かぶりを振ったものの、正直、佳奈の足はくたびれていた。屋敷からここまで、半刻余りかかったのだ。距離にして一里（約四キロメートル）はあるだろう。駕籠を使わずにこれほど遠くまで歩くことは、滅多にない。一方、幼い頃から武芸で鍛えている彩智は、平気な顔だった。

「前口上はそれがしが述べますので、御心得下さい」

余計なことは言うな、と釘を刺したのだ。彩智が「相わかった」と言うと、隆之介は表戸を叩いた。

市之屋の主人に隆之介は、自分たちは満月堂に出入りを許している旗本家の者だが、羊羹の食あたりで亡くなった者がいると耳にし、事情を聞きに来た、と述べた。家名は言えぬが、満月堂の菓子を好んでいた若君の体調が良くないので、念のため調べている、という理由だ。だいぶ頭を絞って考えてきたらしく、それなりに筋は通っていると佳奈は思った。

応対に出た嘉一郎《かいちろう》という主人は、当惑を見せたものの、三人を丁重に迎え入れてくれた。

佳奈たち三人は、まず位牌《いはい》に手を合わせた。亡くなったのは嘉一郎の父、嘉兵衛《かへえ》で、葬儀は一昨日済ませたという。嘉兵衛は長く傘職人として働き続け、四十を越えて店を持ってから嫁を貰ったので、嘉一郎はまだ三十三であった。

「確かに心の臓はよくありませんでしたが、七十を過ぎても気力は充分で、足腰もしっかりしていました。なのに、こんなことで亡くなるとは」

嘉一郎はいかにも無念そうに俯いた。

「隠居とはいえ、まだ仕事はしていて、あれも、親父が作っている途中でした」

嘉一郎が指した店の奥には、まだ骨だけの傘が幾つか、寂しげに並んでいた。

「何ともお気の毒なことで、お悔やみ申し上げます」

作りかけの傘を見ながら、彩智が言った。さすがに今日は、控え目だ。

嘉一郎の妻女が、三人に茶を出した。そこで佳奈が聞く。

「お子様がおられるそうですが、羊羹を食べて大事なかったのですか」

ええ、おかげさまでと嘉一郎が頷く。

「手前も女房も、倅二人も吐いたり腹が下ったりで。幸い熱も出ず、二日で治りまして、子供らは今も手習いに行ってます。親父だけが、激しく吐いた後で胸が苦しいと言い出しまして。しばらくして意識がなくなり、隣の人に医者を呼んでもらったんですが、どうにも。そのまま二日経ち、私らが治った後、息を引き取りました」

同じ二日の間に、四人は本復し、一人は戻らなかったのか。佳奈は頭の中で日数を数えた。

「羊羹を食されたのは、貰ってから三日後ですか」

「そうです。たまたま女房が里の方に行っておりましたので、戻ってから一緒にいただこうと思いまして」

三日くらいなら、羊羹が腐ったりすることはあるまい。

「何刻頃、食べたのですか」

「羊羹は八ツ半頃（午後三時頃）に揃って食べたのですが、具合が悪くなったのは夕餉の後です」

　ということは、初音とほぼ同じだ。

「夕餉には、傷んだものなどはなかったのですね」

「目刺に味噌汁で、傷むようなものでは。その前の晩も食べましたし」

　町方の家の夕餉は、そんな感じか。佳奈は、彩智が「メザシって何？」などと口にするのでは、と一瞬ヒヤリとしたが、彩智は黙って聞いているだけだった。

「親父は、自分は年寄りだからって羊羹は一切れしか食べなかったんです。なのに、もっと食べた手前や子供たちが軽く済んだのは、やはり寿命というものでしょうかねえ」

　嘉一郎はしみじみと言った。だが、佳奈はちょっと引っ掛かった。一番少なく食べたはずの嘉兵衛だけが重篤に？

　もう少し詳しく、と聞きかけたところで「ただいまぁ」と元気のいい声がして、五つか六つくらいの男の子が二人、駆け込んできた。紐の付いた手習いの帳面を、手に持って振り回している。

「これ、良吉《りょうきち》、伸吉《しんきち》、静かになさい。お客様なのよ」

　母親が叱ると、二人は佳奈たちに気付いて目を見張った。それからぱっと姿勢を正し、「こんにちは」と頭を下げた。やはり商家の子供は躾がちゃんとしている。

「失礼いたしました。どうにも、やんちゃで」

詫びる嘉一郎に「いえいえ」と手を振り、佳奈は子供たちに微笑んだ。

「もうお腹の具合はいいの？」

「うん、もうすっかり平気」

年上らしい子が元気よく返事した。こちらが良吉らしい。が、すぐに俯く。

「でも、じいちゃんが……」

微笑みかけた彩智が、ああ、と顔を曇らせた。

「本当に、お気の毒でしたね」

「おいらも仲吉も良くなったし、六《ろく》ちゃんなんか、何ともなかったのに」

「これ、御武家様に失礼があってはいけないよ」

嘉一郎が窘《たしな》めると、兄弟はびくっと身を竦めた。

「ごめんなさい」

「あら、ちっとも失礼じゃありませんよ」

佳奈がまた微笑みかけると、良吉はほっとしたように見返してきた。それから、おずおずと言った。

「あの……お姫様ですか」

隆之介は驚いたように目を瞬き、彩智と佳奈は吹き出しそうになった。

「どうしてお姫様だと思うの？」

佳奈が笑いながら聞くと、良吉は顔を赤くして上目遣いになった。

「その……とっても綺麗だから」

まあ、なんて正直な子なんでしょう。思わず抱きしめたくなる。

そこで、はっと気付いた。嘉一郎の子は、二人だったのでは。

「六ちゃん、ってだあれ？　お友達？」

「うん。あっちの長屋の子」

「六助《ろくすけ》という裏店の左官の倅で、うちの良吉と同い年の遊び仲間でございます」

嘉一郎が説明した。それから、良吉に確かめる。

「六ちゃんに羊羹をあげたのか」

良吉は、しまったという顔になった。

「うん……ごめん」

「いや、それは構わないが」

そこで佳奈が口を挟む。

「六ちゃんは、羊羹を食べても何ともなかったのね」

「はい、姫様」

いつもそう呼ばれているのに、この子に言われると何だかこそばゆい。

「おいら、長太《ちょうた》にもあげた」

横から仲吉が声を上げた。それも、裏店に住む友達らしい。

「その長太ちゃんも、何ともないのね」

うん、と仲吉が大きく頷いた。

「裏店の子供は、特別頑丈なのかしら」

彩智が間の抜けたことを呟いた。それを聞いた嘉一郎が、「いいえ」とかぶりを振った。

「六助はともかく、長太の方は蒲柳の質で、よく腹を下しているんです。長太が無事だったというのは、いささか妙な気も」

これは、と佳奈は眉をひそめた。どうも理屈に合わないようだ。胸がざわついてきた佳奈は、彩智に目配せした。彩智は承知し、座り直して暇《いとま》を告げた。

「突然にお邪魔をして、相済みませんでした」

とんでもない、と嘉一郎が恐縮する。

「若君様のお具合は、如何でございましょうか」

佳奈はきょとんとしかけたが、隆之介がそういう口上を述べたのを思い出し、お気遣いなく、と笑顔を作った。

「お聞きしたところでは、当家の若君とは様子が少し違うようです。若君の病は、満月堂の菓子のせいではなく、風邪か何かでしょう。要らぬ心配をかけました」

そうですか、と嘉一郎は安堵したような様子を見せ、お大事にと一家揃って頭を下げた。三人は、改めて礼を述べ、表に出た。

「どう思いますか、佳奈」

街道を歩き出したところで、彩智が聞いた。目付きからすると、佳奈と同じことを考えているようだ。

「羊羹で食あたりを起こしたのではないかもしれませんね」

そうね、と彩智が首肯する。

「体が弱いのに何ともなかった、という長太ちゃんに確かめてみましょう」

それを聞きつけた隆之介が、血相を変えた。

「奥方様と姫様が裏店へ！　とんでもないことです」

「でも、ちゃんと聞いてみた方が」

隆之介は、赤くなったり青くなったりしている。

「では……では、それがしが聞いて参ります」

隆之介は苦渋の顔で呻くように言い、左右を見渡して十間ほど先にある茶店を指した。

「あそこでお待ち下さい。決してお二人だけで動かれませぬよう」

「はいはい、わかりました」

あまり隆之介を困らせても可哀想だ。彩智と佳奈は、とことこ歩いて茶店に入り、緋毛氈《ひもうせん》を敷いた長床几《ながしようぎ》に腰を下ろした。隆之介はそれを見届けて、市之屋の方へと戻った。途中何度も振り返って、二人が動いていないのを確かめているのが、何だか可笑しい。

出て来た店主に茶を頼み、佳奈は街道を眺めた。日光道中の往来は、盛んだ。こうしてじっと街道を見る機会などまずないので、興味を引かれた。行き交うのは馬に牽かれた荷車や大八車。忙し気に歩く職人、風呂敷包みを背負った商人。

近在の農家の者らしい、野菜の入った竹籠を担ぐ夫婦。鷹揚《おうよう》に肩をそびやかして歩くのは、帯に十手が見えるので目明しの親分に違いない。

いろんな人がいるんだ、と途切れない人の動きを見ながら、佳奈は改めて思った。やっぱり、屋敷内に籠《こも》っていてはだめだ。この世には多くの人が、それぞれの暮らし、それぞれの思い、幸せと苦労を抱えて生きている。江戸でも、美濃の領地でも同じだ。大名家に生まれた者は、そのことを常に忘れないようにしないと……。

「羊羹でないとしたら、何でしょうね」

傍《かたわ》らの彩智が言ったので、佳奈は当面の難題に引き戻された。

「うーん……夕餉の何かでもなさそうですし。羊羹以外で、食あたりになった人が同じように口にするものって」

聞いたところでは、食あたりになった人々には、満月堂の羊羹を食べたという以外に共通することはないようだった。

「……お米かしら」

彩智が言った。さすがに米で食あたりというのは、聞いたことがない。

「ご飯が腐っていたとかですか？　それなら、満月堂との関わりがわかりません」

　そうよねえ、と彩智は空を見上げて考え込む。

「やっぱり、満月堂の羊羹を食べた人に限って、他の何かでお腹をこわす、っていうのはおかしいわよね。理屈に合わない」

　彩智が理屈、などと口にしたので、佳奈はくすっと笑った。概ね理屈とは遠いところで生きている人なのに。

「仕組まれた、としたら得心がいきます」

　佳奈が言うと、彩智は眉を上げた。

「誰かが細工した、ということね」

　彩智も疑っていたらしく、すぐに解した。

「満月堂に恨みがあって、潰したいと思っている人がいるのかしら」

「たぶん、そうなんでしょう」

　商売上の恨み、というのは佳奈にはよくわからないが、満月堂は近頃ぐんぐん伸びてきた店で、勢いがあると聞く。出る杭は打たれる、という言葉もあるから、商いを伸ばすうちに何か軋轢《あつれき》があったことも、充分に考えられるのでは、と佳奈は思った。

「でも、どんな細工を」

「さあ、それは」

佳奈にもまだ思い付けていなかった。考えながら目を泳がせる。すると、五間ほど先で立ち止まってこちらを見ている若い男に気付いた。銀鼠《ぎんねず》の羽織姿で、供を連れている。あれは大店の若旦那、という者だろうか。

若旦那風の男の顔は、上気しているように見えた。供の男がしきりに袖を引くが、若旦那は彩智と佳奈を見つめたまま、動かない。

ははあ、と佳奈にもわかった。戯作本に出てくるような話。あの若旦那、私を見初めたに違いない。いや、もしかすると母上の方かな。これだけ離れていると、自分たちは姉妹に見えているだろう。ちょっと嬉しく、ちょっと可笑しい。

そんな顔で見返してやると、若旦那の顔がさらに赤くなった。供の男は、顔を顰めて袖を引く力を強める。御武家の娘に懸想するのはおよしなさい、とでも言っているのか……。

ばたばたと足音がして、隆之介が急ぎ足で戻ってきた。彩智と佳奈がおとなしく座っているのを見て、ほっとしたのがはっきりわかる。

隆之介は佳奈の視線に気付き、後ろを向いた。若旦那と目が合い、睨みつける。若旦那はびくっとして慌てて背を向け、そそくさと退散した。あら、お気の毒。

「長太という子と、その親に会ってきました」

隆之介は咳払いしてから、告げた。

「市之屋の子らが申す通りです。羊羹を一切れ貰って食べましたが、何事もなかったそうで。市之屋一家が食あたりになり、隠居が死んだことで大層驚いた、と言っていました」

長太に聞くと、羊羹なんて食べたことなかったから、甘くて凄く美味しかった、もう一度食べたい、と無邪気に答えたという。

「親が言うには、普段から胃腸の弱い子なのは確かで、羊羹にあたらなかったのは神仏のご加護だろうか、などと有難がっておりました」

やっぱり、と彩智と佳奈は頷き合い、誰かの細工ではないかとの考えを隆之介に伝えた。

「なるほど。満月堂に恨みを持つ者が、ですか。確かにないとは言えませぬな」

「萩原という同心は、どう考えているかしら」

「さて、如何でしょうか。なかなかに頭の切れる男と見えました故、それも思案の内にあるのでは、と思いますが」

そうかもしれないな、と佳奈も思う。何と言っても、餅は餅屋。市之屋には当然話を聞いているだろうし、素人の自分たちが考えることは、役人も気付くだろう。だが長太のことは、嘉一郎も知らなかったようだ。役人の耳に入っていない話もあるのでは……。

「ご苦労でした。そなたも座って、お茶をいただきなさい」

彩智が隣の長床几を指し、隆之介は恐縮しながら腰を下ろした。店主がすぐに寄ってきて、先に用意してあったらしく隆之介の脇に茶を置いた。それを啜《すす》った隆之介は、おっ、と眉を上げて店主に言った。

「この茶は旨いな。いい茶葉を使っているのか」

「いえ、水がよろしいので。うちは寛永寺《かんえいじ》様の下にある湧き水の井戸を使わせてもらっておりまして」

店主が自慢そうに答えた。江戸の水は大概、玉川上水《たまがわじょうすい》で引いた水を井戸で汲み上げている、ということは佳奈も知っていた。その地で湧いた水を使っているなら、遠くから流れて来る水より美味しいのは間違いなかろう。

そこで、閃《ひらめ》いた。

「水、かもしれませんね」

「水でございますか」

隆之介は茶碗を置いて、当惑顔で首を捻った。

「水に何か細工を、とお考えなので」

「ええ。例えば、こういうことです」

佳奈は考えを巡らせながら、話した。

「満月堂を見張っていて、羊羹を買った人を尾《つ》ける。その人の家を確かめ、羊羹を確かに食べたことを見届けてから隙を見て、或いは夜陰に乗じて、水瓶に腹下しになる薬を入れるのです。それを何度か続ければ、羊羹のせいで食あたりになったと思われるのではありませんか」

「ふうむ、なるほど」

隆之介は感心したように頷いたが、すぐ疑念を述べた。

「しかしそれだと、家の者皆が腹を下します。中には羊羹を食べない者もいるのでは」

「だから奉公人が幾人もいる大店などは避け、家族しかいない市之屋のようなところを選んだのでしょう。近所の子供に羊羹を分ける、ということまでは考えていなかったんですね」

「では……市之屋が食べた羊羹は、客に貰ったと言っておりました。これを仕掛けた者は、その客が市之屋に羊羹を届けるまで、ずっと尾けていたということですか」

隆之介が唸った。

「ずいぶんと手間のかかることをするものですな」

「では水瓶を調べれば、薬か毒のようなものが見つかるかしら」

彩智が手を叩いたが、佳奈は「いえいえ」とかぶりを振る。

「生水は傷みやすいですから、町家でも毎日、長くても一日おきには汲み替えるでしょう。何か入れられたとしても、とうに捨てられています」

「ああ、それならお腹を下しても一度きりで、すぐに本復しますね。市之屋の隠居は、その毒だか薬だかが、体に合わなかったのかもしれませぬな。いえ、心の臓には悪いような薬だったのでしょう」

彩智は佳奈の思い付きを、正しいと考えたようだ。手を伸ばして、佳奈の頭を撫でた。

「本当に、あなたは頭がいいのね」

よして下さいよ、と佳奈は照れ笑いしながら彩智の手をどけた。

「隆之介、そなた、佳奈の考えたことを萩原と申す同心に伝えておきなさい」

彩智が命じると、隆之介は「承知仕りました」と畏まった。だが、急に思い出したように言った。

「あの、初音様のことは如何思し召しで」

あ、と声が出そうになった。そうだ。初音のことは、この絵に当て嵌まらない。

「そうか。いくら何でも、大名屋敷の水瓶には近寄れない。もし細工できたとしても、初音様一人を狙うには別の手立てが要るわ」

久保田家で初音以外にも具合が悪くなった者がいるとは、瑞仙も言っていなかった。それに、満月堂を潰すために大名屋敷にまで手を出すなど、あまりにも大層だ。佳奈は腕組みして、うむむと呻いた。

そこで、隣で首を捻っていた彩智が言った。

「これは……やっぱり初音様に会ってみなくてはなりますまいね」

ええっ、と隆之介が飛び上がる。

「いや、それならば監物様から久保田家の御留守居役に話を通して……」

「御留守居役や近習が立ち会う中では、本音が話し難いであろう」

「それはそうかもしれませんが、ではどうやって」

「さあ、何か考えなくてはいけませんね」

彩智は佳奈に、悪戯っぽい薄笑いを向けた。

七

次の日、隆之介は北町奉行所を訪ねた。門番の小者に、萩原への取り次ぎを頼む。

しばし待っていると、萩原が出て来た。どうも難しい顔をしている。

「やあ萩原殿。忙しいところ邪魔して申し訳ない」

愛想笑いを浮かべて声を掛けたが、萩原は硬い顔のまま「出ましょう」と言って、門を出てすたすたと歩き始めた。隆之介は、黙って後を追った。

萩原は呉服橋《ごふくばし》を渡って数寄屋町《すきやちょう》まで行くと、一軒の小料理屋に入った。馴染《なじ》みの店らしく、店主に無言で頷くと、奥の座敷に案内された。

萩原は隆之介に上座に座るよう示し、店主に茶だけで飯は要らない、と告げた。どうやら、内々の話に度々ここを使っているようだ。

畳に座った萩原は、軽く溜息をついて言った。

「あんまり特定の大名家と関わっていると、いろいろ言う奴がいるもんでしてね」

「ああ、それは済まぬ」

様々な難事に関わる八丁堀役人は、様々に気を遣わねばならないのだろう。家中のことだけ考えていればいい自分たちより、難しい仕事かもしれない、と改めて思った。

「で、どんなご用です。例の満月堂の一件ですか」

いかにも、と言って、隆之介は佳奈の推測を話した。話し終えるまで萩原は、腕組みしながらじっと聞いていた。

「さて、如何思われる。水に細工、というのはいかにもありそうではなかろうか」

一通り話し終えても萩原が黙っているので、隆之介は催促するように聞いた。

萩原は、ふむ、と顎を撫でた。

「こう言っては失礼ながら、素人にしては悪くない読みだ」

萩原は僅かに口元を緩め、隆之介を見た。

「御家のお姫様は、なかなかに頭が回るお方のようですな」

褒めたようで多少の皮肉が混じっている気がして、隆之介はちょっと不快を覚えた。

「どうです。満月堂に含むところがある者は、いるんですか」

つい語気が強くなった。萩原は苦笑を浮かべ、まあまあ、と手を振る。

「それについちゃあ、早々に調べましたよ」

当然のこと、とばかりに萩原は言った。

「確かに満月堂は、ここ最近でのし上がって来た店だ。そりゃあ、老舗の上菓子屋の連中にとっちゃ面白くはねえでしょう。しかしねえ、だからって客先に毒を盛るような真似は、さすがにやり過ぎだ。人死にまで出たとあっちゃ、ばれたら死罪ですよ。そこまで危ない橋を渡らなくても、やり方は幾つもありますよ」

隆之介は、反論できなかった。萩原の言う「やり方」というのがどんなものかは思い付かなかったが、嫌がらせ程度なら、罪にならない方法もありそうな気がした。

「一応、上菓子屋の元の株仲間連中に探りを入れてみたんですがね」

萩原は声を低めた。株仲間というのは隆之介には馴染みがなかったが、同業の商人の寄合で、商売上の様々な取り決めをしていたため、諸色高値《しょしきこうじき》の原因だと御老中から睨まれて先頃解散させられた、ということぐらいは知っている。

「そこでの評判だと、満月堂は真っ当な商いをやっていて、横紙破りなんざ一切してねえ、ってんですよ。よく頑張ってるって褒める者もいるくらいでね」

今回の食あたりについては、どうして満月堂さんがそんな手抜かりを、と不思議がる者の方が多いという。

「同じ商い同士、妬みなんかはあったかもしれませんが、恨みを買う、ってぇ話はまずなさそうですねえ」

「うむ……そうですか」

満月堂には、これといった敵がいないというのか。ではいったい、何者の仕業だろう。初めに戻って、本当に満月堂の羊羹に悪いところがあった、ということも考えねばならぬのか。

「この前、久保田家の話をされてましたよねえ」

考え込んでいた隆之介は、はっと顔を上げる。

だ。

「満月堂を狙った奴がいたとしても、大名家を巻き込むなんざ、無茶もいいところだ。ご貴殿も大名家のご家中なら、おわかりでしょう」

隆之介は、左様、と言うしかなかった。佳奈姫もそこが引っ掛かっていたのだ。

「ところで、今日来られたのは奥方様か姫様のお指図ですか」

急に問われた隆之介は、「そうです」と返した。萩原は、ふうんと何か悟ったように頷いた。

「で、奥方様と姫様は、どちらに」

「それは無論、当家の屋敷に」

当然の如くに答えたものの、隆之介はぎくりとした。今日、自分に萩原のところへ行くよう彩智が命じたのは、何かやろうとして厄介払いをしたのではあるまいか。

きっとそうだ。お二人は、何か工夫して久保田家の初音様のところに行ったに違いない。それには自分が邪魔だったのだ。

萩原は急に落ち着きをなくした隆之介の考えを読んだらしく、ニヤニヤしている。

「お心当たりがあるなら、追っかけた方がいいんじゃありませんかね」

「ごっ……御免」

隆之介は脇に置いていた大小を摑むと、あたふたしながら立ち上がった。


その頃、彩智と佳奈は久保田家の門前にいた。昨日、市之屋に行った時と同じ着物を着ている。とにかく人目を引かない、というのが肝要だった。

「ご免下さいませ。牧瀬内膳正家中の者にございます」

佳奈が門番に告げて玄関に通ると、取次衆が迎えに出て来た。彩智と佳奈は丁寧に腰を折る。

「牧瀬内膳正家中で奥勤めをしております、紗江《さえ》と佳代《かよ》と申します者にございます。御当家の初音の方様、御病《おんやまい》と聞き及び、我が主より、是非ともお見舞いを、と申し遣って参りました」

彩智が口上を述べた。奥女中に成りすましたわけだが、なかなかいい出来だ、と佳奈は思う。

「これはご丁寧に、痛み入ります」

取次衆は、しばしお待ちを、と奥に入った。然るべき上役を呼んで来るのだ。彩智と佳奈は、立ったまま待った。正室と姫として来たなら、立ったまま待たされるなど論外だから、却って新鮮だ。

ほどなく四十くらいの奥女中が現れた。牧瀬家の橘野と同じような立場の者だろう。彩智と佳奈は丁重な態度を崩さず、見舞いの品を差し出した。普通は菓子などが多いが、菓子で食あたりを起こした初音の見舞いに菓子、というわけにはいかないので、鯉を用意させた。無論、何に使うかは言わずにだ。

「有難きお品、慎んで御礼申し上げます。どうか奥方様には、ご心配なきようお伝え下さいませ」

奥女中は、口上からすると、この場で彩智たちを帰らせる気らしい。それでは来た意味がない。

「あの、誠に恐れ入りますが、私ども主から、是非とも直にお会いしてご様子を伺って参るよう、申し付けられてございます。御迷惑とは存じますが、御目通りの上、お見舞いを言上させていただきたく、お願い申し上げます」

彩智は深々と頭を下げた。佳奈もそれに倣う。奥女中は、困惑と苛立ちの色を浮かべた。

「さりとて、初音様は臥せっておられます故、お客様をお通しするのは少々」

内心では、女中風情が何を図々しい、とでも思っているのだろう。そこで佳奈が口を出した。

「あの、大変失礼ではございますが、初音の方様のお具合は、そこまでお悪いので？」

奥女中は一瞬、むっとした。が、思い直したようで、「少々お待ち下さい」と奥に引っ込んだ。おそらく、牧瀬家に帰って初音が重態のようで顔も見られなかったと告げられては、よろしくないと考えたのだ。うまくいったかな、と佳奈はニヤリとした。

今度は少し暇がかかった。再度姿を見せた奥女中は、膝をつくと彩智たちに「失礼をいたしました」と屋敷に上がるよう手で示した。

「ご案内いたします。どうぞこちらへ」

御留守居役あたりに伺いを立て、そうまで言うなら会わせた方が丸く収まる、ということになったのだろう。してやったり、と佳奈は内心で手を叩いた。

そこまで簡単にはいかなかった。案内されたのは奥座敷で、新たに応対したのは二十二、三と見える若い奥女中だった。初音付きの侍女のようだ。

「初音の方様にお仕えしております、久仁江《くにえ》と申します」

久仁江は型通りに挨拶し、改めて見舞いの礼を述べた。

「お方様のご様子につきましては、私からお話しさせていただきます」

やはり女中の身分では、直に見舞うのは難しかったか。

「お具合は如何でしょうか。なかなか本復なさらないと伺いましたが」

久仁江は「はい、しばらく前より、臥せっております」とだけ答えた。誰から聞いたんだ、と思ったのだろう、少し表情が険しくなる。瑞仙からだ、とは言えない。

「ではございますが、ご心配いただくほど重くはございません。お食事は摂られておりますし、ご気分の良い時は起きて庭など眺めておられます」

「そうですか。少し安堵いたしました」

彩智は言ったが、気分の良い時以外はずっと横になっているのなら、あまり軽いとは言えまい。何より、薬を飲んでも病状が快方に向かっていないのが気になる。

「御目通りして、直にお見舞い申し上げるわけにはまいりませんか」

言ってみたが、久仁江は肯《がえ》んじなかった。

「皆様のご心配、誠に有難く存じますが、今は養生が肝要でございます故、何卒ご容赦のほどを」

生真面目で、主に忠実な女中らしい。仕方がない。佳奈は彩智に目配せした。彩智は小さく頷く。幸い、先ほどの奥女中は久仁江に引き継いで退出し、今は三人だけだ。

彩智は帯から懐剣を引き出し、袋にある牧瀬家の紋所を見せた。

「私たちは使いの女中ではありません。牧瀬彩智と、娘の佳奈です」

久仁江は目を見開き、絶句した。それから彩智と佳奈の顔をもう一度見ると、畳に平伏した。

「内膳正様の奥方様と姫様でございましたか。気付きもいたしませず、誠にご無礼をいたしました」

どうやら久仁江は、芝居見物や茶会で初音の供をした際、彩智と佳奈の顔もちらりと見ていたらしい。今の名乗りで、思い出したに違いなかった。

「いえ、こちらが隠していたのですから、無礼などではありません。詫びるのはこちらの方です」

彩智が言ってやると、久仁江はそっと顔を上げた。

「ありがとうございます。此度はお忍びということで、承知いたしました」

「初音様のところに、ご案内いただけますね」

久仁江は「はい」と承知し、失礼いたしますと立って襖を開け、廊下を窺った。いい具合に、誰もいないようだ。久仁江は振り返り、声を潜めて「こちらへ」と告げた。

初音の居室は、南側の庭に面したところにあった。廊下に膝をついた久仁江は、「牧瀬内膳正様の御家の方が、お見舞いにお越しでございます」と閉まった障子の内に声を掛けた。内から、「まあ、牧瀬様の」との声が返る。初音の声に間違いないが、だいぶ弱々しく聞こえた。

「構いません。お入りいただいて」

「失礼いたします」

久仁江が障子を開け、少し下がって彩智たちを通した。臥せっていた初音がこちらを向き、体を起こした。そして彩智と佳奈の顔を見て、「あ」と声を上げた。急いで彩智は唇に指を当てる。

「しいっ、大声出さないで。忍びで来ています」

初音は頷いたが、布団に正座して頭を下げようとする。彩智は「やめてやめて」と手を振った。

「病なんですから、そのままで。寝てていいから」

「いえ、そういうわけには」

初音は正座したままで言った。久仁江が寄り添い、さっと肩に打掛をかける。

「彩智様と佳奈様お揃いでわざわざ、こうまでしてお見舞いいただけるなんて」

初音はすっかり恐縮している。

「正式に話を通すと仰々しくなって、本当のご様子がわからないかと思いまして」

佳奈は微笑んで言いながら、初音の様子を見た。普段は潑剌《はつらつ》として笑みを絶やさぬ人だが、だいぶやつれている。肌には艶がなく、顔色も良くない。確かに具合は良くなさそうだ。

「羊羹で食あたりになられた、と聞きましたけど」

言ってはみたが、やはり思った通り、普通の食あたりではなさそうな感じだ。

「はい。お恥ずかしい話ですけど、満月堂から届いた羊羹を頂いた夜から、具合が」

初音によると、二十日ほど前、満月堂が羊羹を幾つか持って来た。売り出したばかりの新作だということで、何種類かあったのだが、初音はそのうちの、栗餡入りのものを食べたという。

「それを口にしたのは私だけでした。初音は羊羹が好きなうえ、栗にも目がないのだ。真砂《まさご》の方様は羊羹を好まれませんし、他の奥の者は、栗餡入りを私に譲り、別のものを食べたのです」

真砂の方というのは、もう一人の側室で、初音より二、三年早く久保田家に入っている。正室は既に身罷《みまか》り、江戸屋敷と国元にそれぞれ二人ずつ、側室が置かれていた。牧瀬家の側室は国元に一人いるだけだから、比べれば近頃では贅沢と言っていい。

「この御屋敷で具合が悪くなったのは、初音様だけなのですね」

彩智が首を捻りながら言った。

「でも、二十日経っても良くならないというのは、少し解しかねる気も。お薬は飲んでらっしゃるんでしょう」

「欠かさず飲んでいますし、御典医の瑞仙殿も毎日来てくれているのですが」

あ、と佳奈は考えの足りなさに唇を噛んだ。瑞仙が毎日往診していることは、当然に考えるべきだったのに。鉢合わせしなくて良かった。

そこで佳奈は、おやと思った。瑞仙の名が出た時、久仁江の顔が微かに歪んだのだ。久仁江は瑞仙のことを、良く思っていないのだろうか。

「あの……実は、一つ心配なことがあるのです」

初音はふいに俯いて言った。

「え？　病のこと以外にですか」

「いいえ、病に絡むことなのですが……」

初音は、ちらと久仁江を見た。久仁江が眉を下げる。心配事は久仁江も承知しているようだ。初音は手を腹に当て、そっと撫でながら、はにかむように言った。

「私、子を宿しております」

「えっ、ご懐妊なすっているのですか」

彩智と佳奈は、声を揃えて驚きを露わにした。これは予期していなかった。

「それはそれは、おめでとうございます」

彩智は満面に笑みを広げてから、しまったと言うように両頬に手をやった。

「そうと聞いていたら、お見舞いと併せてお祝いのお品をお持ちしなくてはいけなかったのに。どうしましょう」

いや、母上。まず心配するのがそこですか。

初音は、どうかお気遣いなく、と言ってから腹を押さえた。

「ただの食あたりなら良いのですが、もし病だと、腹の子に悪いのではないかと気が休まりません」

久仁江が、おいたわしい、と哀し気な顔になった。初音自身もただの食あたりとは思っていないようだ。

「瑞仙殿は、何と言っておられますか」

いかに大名家の正室と姫という身分の高い相手であっても、久保田家の御典医として瑞仙は、他家の者にはありのままを話していないのではないか。そう思って佳奈は確かめてみた。初音は、無念そうに肩を落とす。

「瑞仙殿も、はっきりとはわからないようです。ただ養生を、と言うだけで、悪い病ではないのかと問うても、それはないでしょう、としか」

あまり心配され過ぎるのも、お体に障りますと言われているそうだ。それはもっともだが、医師としてもう少し明確な診立てはできないのか。うちの芳斉をこちらに遣わしましょう、と言いたかったが、さすがにそこまで出過ぎた真似はできない。

「それでお腹のお子は、幾月におなりですか」

彩智が、いささか無邪気に聞いた。

「まあ。四月《よつき》になるところでございます」

「それでは食あたりとつわりが重なったのですね」

はい、と初音は答えた。

「つわりは結構きつくて、終《しま》いには世話してくれる久仁江までそれを見て気分が悪くなってしまうくらいで。なかなか大変でした」

初音は苦笑するように言った。

「なので最初は、またつわりの強いのが来たかと思ったのですが、すぐにお腹が下り始めて、これは違うと」

そんな具合なら、だいぶ辛かったろう。そこで佳奈は、確かめるように聞いた。

「御当家には、御嫡男がおわしましたね」

「はい。芳松君《よしまつぎみ》で、五歳におなりです」

亡くなった正室の産んだ子だ。

「あと、確か姫君も」

「真砂の方様がお産みになった、寿々《すず》様ですね。今年で二つになられます」

なので、こちらは久保田家の三人目の御子になります、と初音は腹を撫でた。

「そうですか。我が家も三人ですから、同じになりますね」

彩智が微笑んだ。牧瀬家では、佳奈の下に十二歳になる嫡男、正太郎《しょうたろう》と、国元の側室が産んだ四歳の姫、登与《とよ》がいる。男子は正太郎一人だが、健やかにすくすく育ち、武芸はもう一つだがまずまず英邁《えいまい》と言って良いので、家中は安泰と言える。

だが、と佳奈は微笑みの下で考える。初音のお腹の子が、男か女か。それによって、今後波風が立つこともあるかもしれない。大名家の宿命のようなものだ。もしやそのことで、初音は何かを感じ取っているのではあるまいか……。

「はい。御家のお子様たちと、当家の若君たちの間でも、ご交誼《こうぎ》ができればよろしいですね」

初音のやつれた顔に明るい笑みが浮かんだ。あれ、両家の縁組のことをもう考えていたりするのかな、と佳奈はつい気を回した。四万石と三万石なら、釣り合いとしては丁度いいけど……いや、慌て過ぎよね、これは。大名家の縁組は、そんな単純なものじゃないし。

本当にそうね、と彩智は笑みを返し、ふと気付いたように言った。

「まあ、すっかり長居をしてしまいました。お体に障るといけません。これでお暇いたしますわ」

ああ、と初音は居住まいを正すようにして、今日はわざわざありがとうございました、と礼を言った。

「ここまでお見舞いに来ていただけるなんて。正直に申しますと、少し心細かったので、とても嬉しゅうございます」

見ると、初音の目に涙が浮かんでいた。心細かった、というのは本当なのだ。

彩智は、「大丈夫ですよ。お子のためにも、しっかり養生して元気になって下さいね」と微笑んだが、膝に置いた両手が強く握られていた。初音のために、何かしてやりたい。心配を除いてやらなければ。改めてそう強く心に決めたに違いない。佳奈も同じ思いだった。

廊下に出ると、佳奈は久仁江に詫びた。

「つい長くなってしまって。さっきの奥女中の方に、何をしていたのかと叱られたり、不審に思われたりしませんか」

いえ、大丈夫です、と久仁江は言った。

「深くご心配いただいたので、話が長くなってしまいました、と言っておきます」

「もの凄くしつこい連中で、追い返すのが大変だった、と言ってもらって構いませんからね」

そんな、と久仁江は恐縮したが、あながち嘘でもない話だ。

そこで久仁江は、何か思い出したように足を止めた。

「あの、瑞仙様にお会いになったのですか」

さっきの話の様子で、気付いたようだ。佳奈は「ええ」と正直に答えた。

「その、瑞仙様ですが……」

久仁江は躊躇いがちにぼそぼそと言った。

「大変失礼ではございますが、あのお方のこと、どのようにお感じになられましたか」

えっ、と彩智もこれを聞いて振り向いた。御典医について奥女中が口にするような言い方ではない。

「御医師としては、まずまずよくおできになる方と見受けましたが」

佳奈は当たり障りのない言い方をしておいて、逆に聞いた。

「何か思うところがあるのですか」

「は、はい……」

久仁江は言い出したのを後悔するように俯いたが、やがて意を決したように続けた。

「お方様を毎日診ておられるのに、曖昧なことしかおっしゃらないのです。それでいて、一向にお方様は快方に向かわれませんし……」

語尾が消えかかる。彩智と佳奈は、先を続けるのを待った。久仁江はまた躊躇ったものの、やがて表情を硬くして言った。

「他家の奥方様に申し上げるようなことでないのは重々承知しておりますが……瑞仙様は時折、何をお考えなのかわからないところがございまして」

「何か怪しい節でもあるの」

「と申しますか……お診立てについて、ほとんど口にされないだけでなく、診られる時は私たちも遠ざけておしまいに。お薬についても、何も教えて下さいません。私たちには、いつも何か探るような目を向けられますし、どうにも心が休まらないのです」

これは、と佳奈は眉を上げた。奥女中にそのように思われているとは、瑞仙の振舞いは確かに普通ではないようだ。彩智は手を伸ばして久仁江の肩に触れた。

「よく話してくれました。このこと、私たちにお任せなさい」

久仁江は、はっとした様子で彩智に顔を向けた。

「だからあなたは、初音様とお腹のお子を、お傍でお守りしてあげて。頼みますよ」

彩智の励ましに、久仁江は表情を引き締め、「必ず」と応えた。

八

角を曲がって、久保田家の屋敷が見えなくなったところで、彩智が言った。

「初音様、ご懐妊とは驚いたわね。初めてのお子だから、特に心配なすってるのもわかるわ」

自身、佳奈と正太郎の二人の子をなしている彩智は、眉根を寄せた。

「この前、瑞仙は初音様の懐妊のことを口にしなかったわね」

彩智は不満そうに言った。だが瑞仙の立場では、久保田家の許しがないと他家の者には軽々しく言えないだろうから、そこは責められない。

「それで母上、その瑞仙のことですけど」

佳奈が話を向けると、彩智の表情が硬くなった。

「怪しいわね、やっぱり」

「誰かに動かされているんでしょうか」

「そう見た方がよさそうだわ」

大名家の者として、その先は口にせずとも、二人ともわかっていた。大名家の跡目争いは、珍しくない。と言うより、日常茶飯だ。

久保田家の亡くなった正室が産んだ芳松は、今は真砂の方が養育しているはず。なので、芳松が元服して順当に家督を継げば、真砂の方は生母同様の扱いを受け、家中での力は最も大きくなる。

だが、初音の産む子が男子ならばどうなるか。芳松君にこの先何かあった場合は、初音の子が家督を継ぐことになろう。聞くところによると、芳松君はよく風邪をひき、あまり丈夫な体質ではないようだ。無論、初音の子が男子なのか女子なのかはまだわからないし、男子だとしても芳松君より丈夫で英邁とは限らない。あまり言いたくはないが、死産や流産だって考えられるのだ。

しかし、転ばぬ先の杖、ということもある。もし真砂の方が、自らの地位を確かなものにするため、初音の子が無事生まれないよう画策しているとしたら。そこまで考えた時、道の正面に誰かが、立ちふさがるように現れた。何者、と緊張して二人はその顔を見る。

「奥方様、姫様、やはりこちらでしたな」

隆之介が眉を逆立て、こちらを睨んでいた。

「それがしを萩原殿のところにやり、その隙に久保田家に行かれましたか」

「ああ、まあその、そうね」

彩智は誤魔化すように笑っている。

「そのようなことをされましては、この板垣隆之介、御役目が務まりませぬ」

隆之介は苦情を述べ立てたが、佳奈に言わせれば、あっさり出し抜かれる隆之介の方が悪い。一人で萩原のところへ行け、と言われた時点で、私たちが何か企んでいると察するぐらい、できるでしょうに。

「済まなんだ」

済まないと全く思っていない口調で、彩智が言った。隆之介は苦虫を噛み潰したような顔をしていたが、そこで表情を緩めて聞いた。

「それで、初音様のご様子は如何でございましたか」

なんだ、隆之介も知りたいんじゃない。佳奈は目を伏せて笑った。

「その話は、屋敷に戻ってからにしよう」

彩智は隆之介を促し、足を速めた。


屋敷に入り、部屋着に着替えて一息ついてから、彩智は隆之介を呼んだ。二人の前に正座した隆之介は、まだ咎めるような顔つきをしていたが、その目には明らかに、この一件への興味が浮かんでいる。やっぱりわかりやすい男、と佳奈は微笑した。

「初音様のお加減は、やはり良くはなさそうじゃ。それに、懐妊されておる」

「えっ、左様でございましたか」

彩智は驚く隆之介に、久保田家で見聞きしたことを一通り話した。その上で、瑞仙が怪しいという考えもはっきり示した。うーむと隆之介は唸った。

「御家騒動の種、ということですか。確かに筋は通っておりますが」

なにぶん、他家のことですから、と隆之介は慎重に言う。

「真砂の方様のお人柄については、ご存じでいらっしゃいますか」

「いや、直に会うたことはない故、それほどには知らぬ。ただ、耳にしている噂では、あまりご自分の考えを表に出さぬ方のようじゃ」

常に明るい初音に比べると、少々堅苦しい人、とも佳奈は聞いたことがあった。初音が陽なら真砂は陰、という感じか。

「不穏な企みに手を染めるようなお方なのか、と問いたいのであろうが、そこまではわからぬ」

「いえ、そのようなつもりでは」

隆之介は急いで否定したが、そう思っているのは明白だ。

「ですが、奥方様も姫様も、瑞仙が初音様に害を為しているのは間違いなかろう、とお考えなのですね」

彩智と佳奈が揃って「左様です」と答えると、隆之介は訝しむ顔になった。

「では、食あたりとの関わりは、どうなるのです」

「三通り、考えられますね」

佳奈は言った。

「まず一つ。満月堂の羊羹による食あたりは本物で、たまたま満月堂の羊羹を初音様が食べたのを知り、薬を使って初音様も食あたりになったように見せかけた。もう一つは、初音様の食あたりも本物で、これを診察した瑞仙が、治らずに長引くよう、偽薬を処方した」

なるほど、と頷く隆之介に、佳奈は、お待ちなさいと指を立てる。

「でも食あたりが本物なら、市之屋の事情が理に合わない、というところに戻ってしまう。だから三つ目の考えは、市中の食あたりも、初音様の病も、全て瑞仙が薬を使って行った、ということ」

言い切ってやると、隆之介は目を剝いた。

「では……初音様を食あたりに見せかけて流産させるために、江戸市中の町人を巻き込んだ、とおっしゃるので」

その通りです、と佳奈は応じた。栗餡入りの羊羹は初音の大好物なので、久保田家の他の者が口にすることはなかろう。ならば、同じものを買った町人の家を探り、狙い撃ちすればいいのだ。隆之介は考え込んでしまった。

「大名家の御家の事情で、関わりのない町人にまで害を及ぼすとは、いささか得心しかねるところではありますが」

確かに、と佳奈は認めた。隆之介の言うように、これは大名家ではあまりない発想だ。揉め事や謀議があっても、あくまで家中に止めておこうとするのが普通だった。江戸市中に災いを振り撒き、町奉行所から報告が上がって御老中が本気で介入してくれれば、御家そのものが危険にさらされてしまう。

「企みが本当にあるとしても、どうもまだ見えていないところがありそうね」

隆之介が、ぎょっとしたように肩を震わせた。

「あの、ではこれから、その企みとやらを全て解明するおつもりなので」

彩智と佳奈はそれには答えず、互いの顔を見て笑みを浮かべ、頷き合った。もちろん、そのつもりだ。久仁江に、お任せなさいと胸を叩いたのだから。

隆之介はこの世の終わりでも来たかのように、盛大に溜息をついた。

隆之介が下がってから、彩智は佳奈に話しかけた。

「さあ、どんな手を打ちましょうか」

帰って来たばかりでせっかちだなあ、と佳奈は苦笑する。が、そこで思い出した。

「あ、久仁江さんに瑞仙の薬は当分、初音様に飲ませないよう、言っておくべきでした」

そうだわ、と彩智も手を叩く。

「でも久仁江さんのことだから、さっきの話の後ではそうするんじゃないかしら」

「とは思いますが、瑞仙の処方した薬も貰っておけばよかったです」

「あ、そうか。その薬がちゃんとしたものかどうか、芳斉に調べさせればすぐわかるわね」

そのことは久仁江も気が回らなかったようだ。もう一度行きましょうか、と彩智は言ったが、さすがにそれは難しかろう。代わりに、彩智付きの侍女の一人を呼んだ。

「お前、済まぬが久保田家のご側室、初音の方様付き侍女の久仁江殿に使いをしておくれ」

「畏まりました」

侍女同士のやり取りなら、さほど警戒されないだろう。彩智は久仁江宛ての書付を渡し、ここに書かれているものを受け取ってくるように、と命じた。

「口上は、先ほどの御礼に伺った、と言えば良かろう」

彩智は、橘野には知られぬように行け、と釘を刺すのを忘れなかった。侍女は承知して、すぐに出て行った。

侍女はおよそ一刻ほど後、日が傾きかける頃に帰って来た。

「行って参りました。これをお預かりしました」

侍女が懐から出したのは、一包の薬だった。瑞仙が初音のために処方したものだ。

「久仁江様からは、奥方様と姫様に厚く御礼を申し上げます、とのことでございます。初音様の御身は、命に代えましても、と」

いささか不穏当な言葉だったので、侍女は当惑気味だ。彩智は侍女が心配するようなことは告げず、ご苦労であったと労《ねぎら》いの言葉をかけて下がらせた。

「ふうん、これかあ」

彩智と佳奈は、薬包を前に額を寄せ合った。

「明日、早速芳斉を呼びましょう」

毒物とまでは言わなくても、薬効のない偽薬だったら、瑞仙を糾弾できる。佳奈は期待を込めて薬包を見つめた。

翌朝、呼び出された芳斉は、薬包を手渡されて訝し気な顔をした。

「これは、どういうお薬でございましょうか」

「それをそなたに明らかにしてほしいのじゃ」

瑞仙が初音に処方しているもの、とまでは言わなかった。それは、中身がはっきりしてからでいい。芳斉は曖昧な顔で承知すると、すぐに引き上げた。

佳奈が少しばかり驚いたことに、夕方にならぬうちに芳斉は再度やって来た。

「芳斉、もうわかったのですか」

佳奈が聞くと、芳斉は特に自慢する様子もなく答えた。

「はい。別段、難しいものは入っておりませんので」

「と、言いますと」

「これは黄柏《おうばく》、丁子《ちょうじ》、阿仙薬《あせんやく》でございますな。いずれも胃腸を整え、吐き気や下痢などを抑えるもので、食あたりに処方する薬としては、まずまず適当なものかと」

「普通の薬、なのですか」

佳奈は拍子抜けした。

「私も、食あたりなどでしたら同様のものを処方いたします」

「はあ……左様か」

彩智も、がっかりしたようだ。

「この薬、どなたがどなたにお出ししたもので、何故お調べになろうと思われたのか、お伺いしてもよろしゅうございますか」

「あ、いや、例の満月堂の食あたりについて、松原瑞仙が久保田家で出したものじゃ。何か新しい工夫があるのかと思うてな」

彩智はどうにか誤魔化したが、芳斉は「左様でございますか」とだけ言って、詳しくは聞かなかった。ほっとした佳奈は、そこで思い付いたことを尋ねた。

「この薬、お腹に子がいる時に飲んでも障りはないのですか」

お腹に子、と聞いた芳斉は、一瞬、目を見開いた。だが、彩智と佳奈の話ではない、と気付いたようで、すぐ元の、もっともらしい顔に戻った。

「特にはございますまい。どのような薬であれ、摂り過ぎれば良くはありませんが」

芳斉から返って来たのは、ごく当たり前のことばかりだった。

一方、隆之介は石動監物の前で、縮こまるようにして座っていた。

「奥方様と姫様は、お忍びで久保田家に行かれたのか」

「は、左様にございます」

使いに出された隙にやられた、とは言わなかった。言えば、何故気付かなんだとさらに叱責される。

「お止めはしたのですが、奥女中に成りすまして、こっそりお出かけに」

「何と、そこまでされたのか！」

監物は唖然《あぜん》とした。

「いかにお親しい初音様のためとはいえ……」

「あの、それが、久保田家ではどうも初音様に関しまして、不穏な気配が」

何、と眉を上げる監物に、隆之介は佳奈から聞いた仔細を告げた。監物の顔が、険しくなった。だが同時に、困惑も見て取れる。

「誠にそうであるなら、いささか心配なことではあるな」

少し懸念を見せたものの、監物は「と申しても、他家のことじゃ」と投げ出すように言った。

「こちらから口出しすることではない。奥方様にも困ったものじゃ」

おかげで胃が痛んでかなわん、と監物は腹をさすった。半ばは冗談かもしれないが、もともと生真面目な人物だから、気苦労は人より多いのだ。

「あの、確か御留守居役様は、久保田家の御同役の方とお親しいのではございませんか」

うん？　と監物は隆之介を見返す。

「武岡主水正《たけおかもんどのしよう》殿か。いや、確かに知っているが昵懇《じっこん》というほどではない」

「このこと、さりげなくお耳に入れておくというのは、如何で」

ふむ、と監物はしばらく思案する様子を見せた。

「そうだな……余計なことと不快に思われるかもしれんが、釘を刺しておく、というのも悪くはないか」

万一、その企みが事実で大ごとになるようなら、当家が巻き込まれるのは願い下げだ。監物ははっきりその心配を口に出した。

「何にせよ、奥方様があの調子だ。下手をして却って騒動が大きくならんとも限らん」

「そこまではないと思いますが」

奥方様と姫様が心を砕いているのは、初音様のことだ。初音様が困るような騒ぎにはならぬよう、さすがに気を付けるのではないか。

「良いか板垣、奥方様と姫様を止められぬようなら、少なくとも当家に災いが及ぶことだけは、何としても避けねばならぬ。それを肝に銘じ、しっかりと手綱を引くのじゃ。よいな」

最悪、表沙汰になったとしても牧瀬家の名が出ることだけはあってはならぬ。そういう意味かと隆之介は承知した。うまくいかなかった場合、責めを負うのは隆之介、ということだ。

「心して、務めまする」

肩の荷がますます重くなった気がした隆之介は、その重みに押されるように頭を下げた。

それから三日ばかりは、平穏に過ぎた。奥方様と佳奈姫様には、再び抜け駆けされぬよう目を光らせているが、今のところ動きはない。顔色を見ると、どうも思案投げ首の体で、次にどう動くかまだ決めていないらしい。せめて相談してくれればよいのだが、二人の動きは気まぐれで、予測は付き難かった。

(相談されるほど、頼りにはされていないか)

隆之介は残念に思ったが、それも自分が不甲斐ないからだ、と自嘲《じちょう》した。お二人にあっさり騙されるようでは、信頼せよという方が無理だろう。姫様に笑われるたび、どうにも情けなくなる。

隆之介は、いかんいかんと頭を振った。いじいじと繰り言を弄《もてあそ》んでいるから、侮られるのだ。しっかり前を向かねば……。

「あの、板垣様。よろしゅうございますか」

門番をしている中間《ちゅうげん》の一人が、近付いて声を掛けた。隆之介は背筋を伸ばし、少し格好をつけて返事した。

「うむ。何用だ」

「表門に、板垣様にお伝えしたいことがあると申して、岡っ引きが参っております」

「岡っ引きが？」

そんな者に知り合いはいない、と突き放しかけて、気付いた。もしかすると、萩原が配下を寄越したのかもしれない。隆之介は「わかった」と言って門へ向かった。

潜り戸のところで、羽織姿の三十過ぎと見える町人が待っていた。帯に十手が見える。隆之介の姿を見ると、さっと一礼した。

「板垣隆之介様で？」

「そうだが、何用だ」

「へい。あっしは湯島横町《よこちょう》で十手を預かっておりやす、藤五郎《とうごろう》と申しやす。北町の萩原様の下で働かせていただいておりやすんで」

やはり萩原の手の者だったか。

「萩原殿の使いで来たのか」

左様で、と藤五郎は頷く。

「松原瑞仙って医者を、ご存じですかい」

瑞仙、と聞いてぎくっとした。まさか、萩原が瑞仙を捕らえたのか。

「知っている。瑞仙がどうしたのだ」

へい、と一度頷いてから、藤五郎は言った。

「昨夜遅く、水道橋《すいどうばし》近くの神田川べりで、斬られたんで。萩原の旦那が、それを板垣様にお知らせするようにと」

九

隆之介の言葉を聞いた佳奈は、さすがに仰天した。が、大声を上げたのは彩智の方が早かった。

「何ですって！　瑞仙が断られた？　どういうことなの」

詰め寄るように聞くので、隆之介は慌ててかぶりを振る。

「いえ、それがしはただ、そういう知らせを受けてお伝え申し上げましただけで、委細は何も」

ああ、と彩智は額を叩いた。

「こうしてはおれぬ。参りますよ」

は？　と隆之介が目を剝く。

「どちらへお出かけに」

「決まっておる。湯島の瑞仙のところです」

隆之介は飛び上がった。

「お、お待ちを。瑞仙は断られたのですぞ。そんなところに出向かれては、どんな災いが」

「その災いがどういうものか、行かねばわからぬでしょう」

「しかし、これは町方の領分にございます。大名家が乗り込むなど……」

「それは気にせずとも良いでしょう」

佳奈が口を挟んだ。

「八丁堀の萩原殿がそなたにわざわざ知らせた、ということは、我らが動くのを見越して、それを待っているのではないか」

そうです、と彩智も言った。

「こちらに何もしてほしくないなら、知らせて来たりはしまい。佳奈の申すように、萩原殿も我らが動くのを期待しておるのじゃ」

少々強引に決めつけると、隆之介を黙らせて彩智と佳奈は身支度を始めた。隆之介は抗うのを諦めたか、控えの間に下がった。

この前、瑞仙を訪ねた時と同じ若衆姿になった彩智と佳奈は、隆之介を従えて裏門を出ると、足を速めて湯島に向かった。途中、表猿楽町《おもてさるがくちょう》の通りに出たところで、羽織姿の男がさっと路地に入るのを目の端に捉えた。やっぱり、と佳奈は内心で頷く。あれは隆之介に知らせを持って来た、藤五郎とかいう岡っ引きに違いない。佳奈たちが動き出すのを待ち構えていたのだ。これから萩原に知らせるのだろう。

（あの萩原という同心、私たちに何かさせる気かしら。面白いじゃない）

佳奈は薄笑いを浮かべつつ、道を急いだ。

「佳奈、これをどう思いますか」

歩きながら彩智が聞いた。

「口封じ、でしょうね」

佳奈は当然のように答えた。

「瑞仙が家中の誰かの指図で初音様に毒を盛った。けれど私たちが入り込んで、疑いを持ち始めた。そこで瑞仙を始末し、誰の指図か追えぬようにしようとした。それに相違ありますまい」

やはり、と彩智は頷く。これを聞きつけた隆之介が言った。

「だとすれば、相当に危ない相手です。どうか奥方様も姫様も、これきりでお控え下さいますよう」

「何を言うか。そんな相手なら、放っておけばますます初音様のお命が危ない」

彩智は隆之介の気遣いを撥《は》ねつけた。

「それに、そなたに告げに来た岡っ引きの話では、瑞仙は死んでいないのでしょう。相手はしくじったわけです。ならば瑞仙をこちらに寝返らせることもできよう。この機を逃してはなりません」

佳奈も加勢すると、隆之介は言い返せずに萎《しお》れ、おとなしく佳奈たちに付き従った。

湯島の瑞仙の居宅は、静まり返っていた。主人が斬られて騒然としているかと思ったが、既に半日以上経っているのだ。役人が引き上げ、見舞客や患者を断っているなら、今は家の者しかいないだろう。ごった返していては話もできないので、その方が有難い。

隆之介が呼ばわると、この前、佳奈たちを案内した弟子らしい男が出て来て平伏した。早速、佳奈が前に出て声を掛ける。

「このたびは、大変な災難に遭われたと聞きました。瑞仙殿は如何じゃ」

「は、はい。幸いにして命はとりとめ、奥で臥せっております。本当に恐ろしいことでございました」

弟子は、洪全《こうぜん》と名乗った。年の頃は、二十五、六だろうか。瑞仙よりずっと細身で、実直そうな顔をしている。洪全が役人から聞いた話では、たまたま夜回りが近くを通り、悲鳴を聞いて駆け付けたのだという。襲った者たちは、夜回りの呼子を聞いて逃げ、とどめは刺されずに済んだそうだ。

「御命は助かるのですね。安堵しました」

佳奈が胸を撫で下ろしたところで、隆之介が咳払いした。洪全が気付き、慌てて身を起こす。

「これはご無礼をいたしました。どうぞこちらへ」

立ち話をさせていた非礼を詫び、洪全は奥座敷に三人を通した。彩智は瑞仙に会えないかと尋ねたが、まだ意識が戻らないとのことだった。代わって洪全が、三人の問いに答えた。

「何者の仕業か、まだわからないのですね」

まず佳奈が聞いた。幸い、牧瀬家の奥方と姫、という身分までは洪全は聞いていないらしく、過度に恐縮する様子はない。

「はい。お役人様にお調べをいただいておりますが、まだ。夜のことで、その場を見た者はおりませんし」

洪全が残念そうに言う。だが無論、刺客は誰も見ていないところを狙って襲ったのだ。

「お役人様は、相当腕の立つ侍の仕業だろう、とおっしゃっていました。斬られたのは、袈裟《けさ》懸《が》けに一太刀です」

だが、僅かに急所を外れた。刃は肺臓を傷付けたが、心臓は掠《かす》める寸前で済んだ、という。

「血は相当に出ましたので、暗い中ですし、相手は手応えあったと思って逃げたのでございましょう」

夜回りは走り去る足音は聞いたが、人影は見ておらず、背格好もわからないという。

「瑞仙殿は、どこへ出かけておられたのかな」

隆之介が聞いた。

「はい。本郷《ほんごう》の方へ往診に行かれた帰りでした」

本郷、か。ここからは十町、或いは十二、三町というところだろう。佳奈はちょっと首を傾げる。その距離なら、瑞仙くらいの医者なら駕籠を使いそうに思うが。

「あの辺りには、旗本屋敷が集まっているな。その中のどちらかか」

「いえ、御旗本ではなく五十俵の御家人のお方で、井川《いかわ》様とおっしゃいます。奥方様の心の臓がお悪く、ここ半年ほど、瑞仙先生が診ておられました」

五十俵の御家人？　佳奈は意外に思った。御家人としては微禄で、三万石の御典医を務める医者が診ているというのは、どうも不釣り合いな気がする。

考えが顔に出たようだ。洪全が説明した。

「瑞仙先生は、御典医としてのお務めの合間に様々な方々を診ておられます。御旗本や大店のご主人もいらっしゃいますが、普通の長屋にお住まいの方を診ることもございます」

これを聞いた隆之介が、疑念を呈した。

「しかし、微禄の御家人や長屋住まいの者では、瑞仙殿に診てもらう代金や薬代などを簡単には出せぬのではないか」

それは、と洪全は微笑した。

「そう思われるのはごもっともですが、先生は頂けるところからは頂くが、ないところからは無理に取らない、というお考えでございます」

彩智が驚きを顔に出した。

「それでは、貧乏な人はタダで診ることもあったと？」

「さすがにタダ、とはまいりませんが、百文でも十文でも、出せるだけでいい、と。伝手を頼ってくるお方には、御身分での分け隔てはなさいませんでした。ですので、あまり裕福でないお方のところへ出向かれる際には、気を遣って駕籠などもお使いになりません」

それで今回の往診先の井川家へも、歩いて向かったという。

「洪全殿の他にお弟子は？　裕福でない家には弟子を行かせるものと思ったが」

隆之介の問いに、洪全は「おっしゃる通りでございます」と返す。

「弟子は私の他にあと二人おりまして、簡単な病や怪我なら、三人の誰かが行きます。御典医というお立場もございますから」

ですが、と洪全は続けた。

「特に重い病、難しい病は、先生が直に診られます。井川様の奥様も、詳しい話はできませんが、心の臓の血の送り出しに滞《とどこお》りがありまして、私などでは、なかなか」

「しかし……それでは損になるばかりでは」

隆之介が言わずもがなのことを口にしたので、佳奈は軽く睨んでやった。隆之介は顔を赤らめて俯いたが、洪全は率直に答えた。

「はい。頂いたお金が十文で、渡した薬が元値で三百文、などということもございます。その代わり、お金のある方々からは充分に頂戴していますので、こう申しましては何ですが、帳尻は合っております」

ここまで聞くと、佳奈と彩智は困惑を覚えて顔を見合わせた。瑞仙は、金持ちから余分に儲けたお金で、貧しい人に手厚い医療を施していたらしい。これはどうも、瑞仙は初めに思い描いていた人物とは、少々異なるのではないか。

佳奈はつい、飾られている高価そうな軸や鉢に目をやった。気付いた洪全が、

「先生のお父上の代からの品でございます」と言った。瑞仙が買ったものではなかったのだ。

「ではその……瑞仙殿は、医は仁術、とお考えなのですね」

佳奈は、自らの考えを確かめるように聞いた。洪全は、微苦笑のようなものを浮かべる。

「仁術、とまではおっしゃいません。持ち出しにならぬ程度で、できることはやれ、ということでございます」

うーんと佳奈は唸った。瑞仙の考えは、誠に理に適っている。いくら仁術と言おうと、医者も薬を用意する金は必要だし、弟子の給金も、自らの食い扶持も要る。赤貧ではまともな医療を続けることはできないから、身の丈に合った稼ぎを取るのは当然なのだ。

「そうですか。瑞仙殿はご立派なお医者だということ、よくわかりました」

彩智が感服した、という風に言った。それから、敢《あ》えてという形で尋ねた。

「瑞仙殿は篤実なお方のようですが、もし恩義のある人から頼まれたら、正道に外れる所業であっても、手を染めることはあり得るでしょうか」

直截な聞き様に、洪全は一瞬眉をひそめたが、きっぱりと答えた。

「それはございません。誰から言われたとしても、曲がったことをなさるお方では、決して」

「わかりました。無礼なことを申しました」

彩智は神妙に詫びた。

帰り際、佳奈は洪全に、くれぐれも瑞仙の身辺には気を付けるよう、と念を押した。

「しくじった、と気付けば、また襲って来るかもしれません。用心に越したことは」

心得ております、と洪全は応じた。

「八丁堀のお役人様のお指図で、界隈の親分さんにも目を配っていただいております」

洪全は目で通りの先を指した。見ると、物陰から藤五郎らしい男がこちらを窺っていた。佳奈たちが瑞仙の家に行ったのを萩原に知らせてから、戻ったらしい。萩原も、抜かりなく仕事をしているのだ。

それにしましても、と洪全は嘆息しつつ言った。

「何故、瑞仙先生が狙われたのでしょう。お役人様も物盗りとは見ておられないようですし、人に恨みを買うようなお方ではございませんので、もしや……」

久保田家の絡みか、とその顔が問うている。佳奈たちとしては、答えるわけにはいかなかった。

「何事も、まだわかりません。滅多なことは口にされませんように」

佳奈が止めると、洪全はぎくっとしたように口をつぐみ、頭を垂れた。

屋敷に戻ると、佳奈は隆之介を井川という御家人のところに行かせた。洪全の話の裏を取るためだ。隆之介は、何で私がそこまで、と言いたそうな顔をしたが、口には出さず出かけて行った。

着替えを済ませて座敷に座った彩智は、うーんと呻きつつ腕組みした。およそ大名の奥方様のする所作ではないが、胡坐《あぐら》をかかないだけまだ良い、と言うべきだろう。

「佳奈、これはどういうことかしら」

困惑の体で問うてくる。佳奈は頭の中で、懸命に考えを組み立て直していた。

「口封じに違いない、と思ったけど、ちょっと読みが違ったみたいですねえ」

「そうよねえ。どうも瑞仙という医者、ちゃんとした人らしいわね。頼まれても、毒を盛るような感じじゃなさそう」

人は見かけによらないわねえ、と彩智は嘆じた。

「初音様の病は、毒とかそういうものを盛られたせいじゃなかったのかしら」

「いえ、それはまだわかりません。医者でなくとも、毒を盛る機会はいくらでもあります」

それもそうか、と彩智も考え込む。

「殿様と違って、側室の膳まで全て毒見するわけじゃないものね。膳に近付ければ、誰でもやれる」

とすれば、と佳奈は指を立てた。

「瑞仙は、毒が使われているのに気付いたのかも。それで調べようとしたか、或いは誰の仕業か見抜いた。それを敵方に知られ、証しを摑んで訴え出られる前に消そうとした。これなら、筋が通ります」

「初めに思ったのとは違う意味の、口封じね」

彩智は得心顔になった。

「じゃあ、その敵方というのは」

「懐妊なさった初音様が、邪魔になったお方でしょう」

佳奈は名前を口に出さなかったが、彩智にもすぐ伝わった。「そうね」と肯定の声が返る。指しているのは無論、もう一人の側室、真砂の方だ。

「ただし、ですよ」

佳奈は念を入れるように付け加えた。

「あの方が、瑞仙を斬るようにと家中の者に指図できるかどうか、です」

例えば自分が隆之介に誰かを斬れと言ったら？　それがどんな非道な相手であれ、隆之介は監物に告げて指図を仰ぐに違いない。

「久保田家とは関わりのない者を雇ったのかも」

「真砂の方に、腕の立つ浪人者を雇う伝手があるとは思えませんけど」

そうか、と彩智は頬を掻いた。

「あなたの言いたいことはわかった。つまり、真砂の方には家中で力のある誰かが味方についている、と」

「寧ろそれが当然かと。御当主の跡目に関わることですから」

彩智は少し思案して、言った。

「御留守居役の武岡主水正殿でしょうか」

それは、と佳奈は首を傾げる。

「一応見知ってはいますが、人となりはよく存じませんし、迂闊《うかつ》なことは言えませぬ。母上、他にお心当たりは」

「だって、久保田家の江戸屋敷で、他に知ってる人はいないんですもの」

ああ、そうか。それは佳奈も同様だ。今まで直に話す機会があったのは主水正だけで、それ以外に顔を見た久保田家の者は、佳奈たちにとっては家士其の一、其の二、でしかない。

「いっそ、監物に聞いてみましょうか」

彩智が膝を打った。

いきなり呼ばれた監物は、何やら疑うような目付きで佳奈たちを見た。

「久保田家の主だった方々ですか。武岡主水正殿の次と申せば、御留守居役次席の谷山玄右衛門《たにやまげんえもん》殿、近習筆頭の勝田彰吾《かったしょうご》殿、馬廻役の杉坂重兵衛《すぎさかじゅうべえ》殿、というあたりでしょうか」

「それは、どういった方々じゃ」

「どういった、とは」

「その……考え方がどうとか、性根がどうとか」

監物の眉間に皺が寄った。

「それを聞いて、如何なさいますので」

「ええっと、何と言うかその、初音様に邪念を……ああ、いや、野心があるかとか、そういう」

正面から尋ねられると、彩智はしどろもどろになった。監物の顔がまた、難しくなる。

「初音様の関わりですか。深入りはなさらぬよう、お伝えしておるかと存じますが」

「そうは申すが、このまま知らぬふりをするのも、どうかと思う」

さすがに御典医が斬られたから、などと言っては、監物の頭に血が上る。

「いずれにしましても、それがし、この方々の御名は存じておりますが、親しく行き来しておるわけでもなく、お人柄については存じ上げませぬ」

監物はあっさりと片付けた。これ以上何もしてくれるな、という意思の表れでもあろうが、本当に大したことは知らないようだ。彩智はどうにか、何も心配要らぬと宥め、監物を下がらせた。

入れ違いに、隆之介が戻って来た。井川に会って話した、という。

「渋全殿の言われた通りでした。井川殿は瑞仙殿に大変世話になっており、雀の涙の金子《きんす》しか払えぬのに、心の臓の悪い奥方を親身に診てくれている、ということで」

井川は、瑞仙に相当な恩義を感じているらしい。

「何でも、金を借りた札差に瑞仙殿を紹介されたとかで。大した縁もないのに、瑞仙殿は渋ることもなかったそうです」

自分のところに往診した帰りに禍に見舞われた、と、自らの落ち度でもないのに井川はひどく申し訳なさそうにしていたという。

「ご苦労でした。瑞仙殿は、確かに立派なお医者のようですね」

佳奈も彩智も、得心せざるを得なかった。

「母上、やはりこれは」

佳奈が言いかけると、彩智は隆之介の前なのに名前を出してしまった。

「真砂の方を調べるしかなさそうですね」

「何とおっしゃいましたか」

隆之介が目を剝いた。

「他家のご側室の身辺をお調べになると？　そのようなこと、先方に知れたら」

家同士の騒動になる、と狼狽《ろうばい》しかける隆之介に、彩智はあっさり言った。

「ここまで関わってしまった以上、捨て置くわけにいかぬであろう」

「いや、それは」

そもそも奥方様と姫様が勝手に首を突っ込んだのではありませんか、と隆之介は言いたかったに違いないが、さすがに口にはしなかった。

「そなた、久保田家に誰か話のできる者がおらぬか」

「久保田の家中に親しい者がいるか、ということであれば、否、でございます。生憎、付き合いのある者はおりませぬ」

やはりそうか、と佳奈はがっかりした。ならばどうしよう。こちらから出向いて、屋敷から出て来た侍を摑まえて問い質す、というのは乱暴過ぎるし、それで何かが得られるとも思えない。

ここで隆之介は、佳奈が不穏なことを考えていると不安になったらしく、自分から言った。

「あの、初音様付きの侍女、久仁江殿と申しましたか、あのお人に聞けばよろしいのでは」

ああ、それは考え付くべきだった、と佳奈は自分を叱った。だが、また久保田家に乗り込むのは……。

「出向かずとも、こちらに呼び出すことはできましょう。初音様への見舞いの品を託《ことづ》ける、などを口実に」

「うむ、それは良い」

彩智が膝を打った。

「早速使いを出そう。隆之介、そなたもよく考えてくれているではないか」

「は、恐れ入ります」

隆之介は複雑な表情をした。引き留め役がつい手を貸すような格好になって、自分でも当惑しているのだろう。佳奈は、そっと含み笑いをした。

翌日、彩智は早速久保田家に使いを出した。初音の見舞いに、安産と病の平癒に御利益があるという国元の八幡宮の御札を差し上げる、という理由を付けた。

たまたま江戸屋敷にあったものを見つけたのだ。

久仁江は、すぐにやって来た。こちらの奥女中に届けさせず、呼びつけられたことを特に妙だとも感じていないようだ。

「奥方様には、度重なるお気遣い、誠に恐れ入ります」

彩智と佳奈の前に通された久仁江は、畳に手をついて丁重に頭を下げた。

「初音様も、大変お喜びで、重々御礼申し上げるようにと」

「いや、大したこともできず、却って済まぬ。初音様に、くれぐれもお大事にとお伝え下され」

一応の挨拶のやり取りをしてから、彩智は自分の侍女を下がらせた。僅かに訝しむ様子を見せた久仁江に、「近《ちこ》う」と手招きする。久仁江は察したようで、内緒話ができるほどの近さまで膝を進めた。

「実は、そなたに尋ねたいことがある。真砂の方様のことじゃ」

久仁江の顔に、緊張が走った。そこで彩智に代わり、佳奈が余計な前置き抜きで言った。

「真砂の方は、此度の初音様のご懐妊を、どう思し召しですか」

いきなりの問いに、久仁江はたじろいだ。

「それは……真砂の方様も、めでたいことである、とお祝いのお言葉を」

無論、真砂の方とて心中どう思っていようと、慶事として振る舞うだろうことは当然だ。

「こう言っては角が立つやもしれませぬが、内心では憂慮なされておるのでは」

佳奈は、敢えてはっきり言ってやった。久仁江の顔が少し引きつる。

「あの、真砂の方様のお子様が、その……姫君だから、ということでございましょうか」

久仁江はまるで怯《おび》えるように、細い声で言った。どうでしょう、と彩智が話しかける。

「お立場を考えれば、初音様のお腹のお子が、男子《おのこ》か姫か、気にされておられるのでは」

「それは何とも、私のような者にはお答えできかねます」

久仁江も立場があるから、思っていることをそのままは言えないだろう。だがその表情からすると、彩智たちの考え通りだと言っているように見える。

「真砂の方は、お考えの読みにくい方、ということでしたね」

噂に聞くだけだが、確かめてみた。久仁江は曖昧な顔をする。

「確かに、思っておられることをあまり表にお出しになりませんが、冷たいお方ということではございません」

感情を表に出さない、というのは武家の女としての嗜みの一つだろう。どちらかと言うと、彩智や佳奈のように気分を隠そうともしない方が、珍しいかもしれない。

「ご気性は、お強い方なのですか」

佳奈がまた一歩、踏み込んだ。久仁江は一瞬、びくっと肩を動かした。

「ご気性につきましては、私などが申すべきことでは」

控え目に言ったが、久仁江も佳奈たちの考えがわかったようだ。少し迷う風にしてから、続けた。

「あの、もしや真砂の方様が初音様に害を為そうとされている、とお思いでございましょうか」

奥女中の身では、思い切った問いかけだろう。佳奈は隠さずに答えた。

「あり得ることでは、と恐れております」

久仁江が身を強張らせた。

「もう一つ。瑞仙殿のことは、聞いていますか」

「ああ、はい。何かお体のお具合を悪くされたとかで、しばらく屋敷の方へ上がれぬと聞きました。お薬だけは今まで通りにお届けする、とのことですが」

久仁江は瑞仙が斬られた、とまでは聞いていないようだ。これ以上動揺させてもと思い、佳奈も敢えて告げないことにする。

「お薬は、やはりあまり効いていませんか」

久仁江は俯き、「そのようです」と答えた。

「お薬は、久仁江殿が白湯《さゆ》など用意して差し上げているのですね」

「左様でございます」

「では、お薬以外で、初音様が召し上がっているものはどうですか」

久仁江は僅かに眉をひそめた。

「それはもちろん、御膳方が粥《かゆ》、重湯《おもゆ》、汁物など、滋養があって食しやすいものを調えておりますが」

「御膳は、久仁江殿がお運びに？」

「はい。調えられたものを、私とあと二人で、お運びしております。お食事中は、私がお傍にてお世話を」

答えた久仁江は、急に青ざめた。佳奈たちの疑いを察したのだ。

「もしや、初音様の御膳に誰かが細工を、と」

真砂の方が、とは言わずとも、佳奈たちがそう思っていることは伝わったろう。久仁江は目を下に逸らせた。

「そ、そのような恐ろしいことがあろうとは到底」

打ち消そうとしたものの、声が震えている。佳奈は急いで言い添えた。

「いえ、私たちが思い付いただけです。忘れておいて下さい」

御膳方を調べろとか、毒見させろとか、佳奈たちから言えはしない。だがこれで、本当に怪しいと思えば久仁江の方で何らかの手を打つはずだ。

「は、はい」

久仁江はまだ震え気味の声で返事して、ぐっと頭を下げた。あまり怯えさせても気の毒だ。彩智は話を打ち切って、久仁江を労うと、くれぐれも初音様のことをよろしく頼むと言って送り出した。去り際も、久仁江の顔は青ざめたままだった。

久仁江が帰ってから、彩智と佳奈は改めて座敷に座り直し、向き合った。

「やっぱり、真砂の方が怪しいわね」

彩智は、もう決まり、という風に言い切った。

「薬には手を付けられなくても、御膳方の誰かに命じて初音様の口にするものに何か入れることはできるし、膳を運ぶ前に奥向きの誰かが細工することもできるでしょう」

確かに、何も難しい話ではない。真砂の方に家中の「力のある誰か」がついているなら、そんな細工をさせるのはたやすい。

「久保田家の江戸屋敷には、初音様の味方はいるんでしょうか。真砂の方の敵、という言い方でもいいんですけど」

佳奈が考えながら言うと、彩智は「そりゃ、いるんじゃない」と軽く言った。

「まあ、よくわからないけど、真砂の方が嫌いな人だっているでしょう」

ですね、と佳奈は短く応じた。彩智が言うような単純な話ではない。今は真砂の方が御嫡男を養育しているから、家中の者は皆そちらを向いているだろう。と言っても、どこでもそうだが、家中が一枚岩、ということはあるまい。出世争いなどの反目は、必ずあるはずだ。

「でも、少なくとも久仁江さんは味方だから」

彩智は微笑みと共に言った。が、佳奈は笑みを返さなかった。彩智が、おや、という顔になる。

「何か気になるの」

「それなんですけどね」

ちょっと言い難い、と佳奈は思ったが、胸に隠しておくことではないだろう。

「久仁江さんのさっきの様子が」

はい？　と彩智が怪訝な顔をする。

「何だか変に落ち着かない感じだったような」

「それはそうでしょう。私たち、真砂の方が初音様を狙っているような言い方をしたんだから」

「いや、そういうことではなく」

佳奈はかぶりを振りつつ言った。

「初音様の御膳に細工、という話を出した時、急に顔色が変わりましたね。あれが何だか気になって」

「御膳のことは、久仁江さんは考えていなかった、ということかしら」

「それだけなら、いいんですけど」

佳奈は言葉を濁した。彩智は佳奈の意図がわからない様子で、小首を傾げている。

十

久仁江が帰ってしばらくしてから、隆之介は佳奈に呼ばれた。久仁江を呼び出すという自分の考えが功を奏したので、お褒めをいただけるのか、とつい期待する。本来、姫様たちには何もするなと言い続けねばならないところだが、それで聞いてくれる方々ではない。ならば、入り込み過ぎて厄介なことを仕出かされるより、手綱を引きつつ手伝って差し上げた方が良いのではないか。隆之介はそう考えたのだ。それでももし、姫様の覚えがめでたくなれば、ますます良い……。

「久仁江殿からは、あまり深い話は聞けなんだ」

佳奈は隆之介の顔を見るなり、言った。どうやら思い通りには進まなかったようだ。

「そなた、久保田家には親しい者はおらぬ、と申したが、誰とも面識はないのか」

え、と隆之介は眉を上げる。どうも、望まぬ方向に話が行きそうな気がした。

「親しい者はおりませぬが、面識のある者は二、三おります」

取り敢えず正直に答えると、佳奈は「そうか」と笑みを浮かべた。

「では、その誰かをうまく摑まえて、夕餉でも馳走して話を聞くことはできるな」

うわあ、そう来たか。隆之介は内心で呻いた。

「それがしに、久保田家の内情を聞き出して来いと仰せで」

「さすが隆之介、話が早い」

佳奈が喜んで手を叩いた。隆之介は、苦笑するしかない。

「御家騒動をお疑いなのですか」

そんな大ごとなら、ますます牧瀬家が関わってはならない。当然そう諫《いさ》めるべきところだが、佳奈に先回りされた。

「内情がわからねば、下手に動けまい。私や母上が恐れ知らずに出張れば、そなたも困ろう」

自分で恐れ知らずって言うか、と隆之介は呆れた。

「無論、困ります。そればかりか……」

「いや、わかっておる。だからそなたに頼むのじゃ。真砂の方が何を考えておるのか、真砂の方を支えているのは家中の誰か、家中で対立はないか、その辺りを聞き出してもらえぬか」

「これはまた」

隆之介は、唖然としかけた。何と注文の多いことか。それを自分一人でどうにかしろとは。

「いや、無理を言うておるのは承知じゃ。しかし、そなたしか頼れる者がおらぬ。どうか、初音様と我らを助けると思うて、手を貸してくれ。頼む」

佳奈は、必死な顔付きになって懇願してきた。隆之介は震えた。姫様にそこまで頼っていただけるとは。これは監物様にどれほど叱責されようと、いかに難しいことであろうと、身命を賭しても為さねばなるまい。

「心得ました。この板垣隆之介、姫様のご期待に背かぬよう、相勤めて参ります る」

隆之介は居住まいを正し、「済まぬ、よろしく頼む」と佳奈が頭を垂れるのに恐縮しながら、座敷を出た。が、背中を向けた後、佳奈がぺろりと舌を出したことには、全く気付かなかった。

勢い込んで屋敷を出たものの、隆之介ははたと気付いて当惑した。

(久保田家の者を摑まえるといって、さあどうしたものか)

何も腹案はなかった。無論、いきなり屋敷に押しかけて誰かを引っ張り出す、などということは、できようはずもない。

(待ち構えて、見知った者に声を掛けてみるしかない)

取り敢えず考え付くのは、そんな単純なことだけだった。しかし、やってみるしかあるまい。

久保田家の屋敷の前まで行ってみた。大名旗本の屋敷が集まっている界隈なので、周りを見回すと、立派な漆喰塗りの塀が続くばかりだ。こんなところに長く突っ立っていては、怪しまれてしまう。

途方に暮れかけた時、道の先から何人かの侍が連れ立って歩いて来るのが目に入った。何やら楽し気に話しているところを見ると、飲みに出かけるようだ。道端の隆之介には目もくれず、前を通り過ぎて両国橋《りようごくばし》の方角へと去って行った。

そうか、と隆之介は悟った。久保田家の者も、仕事終わりに飲みに行くことは多かろう。隆之介はたまに誘われれば行く程度だが、飲みながらだと口も軽くなるに違いない。

隆之介はしばらくそのまま待ち、久保田家の屋敷から中間が一人、使いに出て来たのを見て、後を尾けた。久保田家からだいぶ離れ、人通りもいくらか多くなったところで、隆之介は中間を呼び止めた。

「これ、そこの者」

「へ？　何か」

振り向いた中間は三十半ばくらいで、いかにも事情通のように見えた。江戸の大名屋敷の中間は口入屋を通して雇うので、しょっちゅう入れ替わるが、小遣い稼ぎのためいろいろと目端を利かせる者も多い。こいつもそうだろう、と隆之介は踏んだのだ。

「教えてほしいことがあるんだが」

中間は嫌な顔をした。

「あっしのような者に、お教えできるようなことなんざありませんがねえ」

隆之介は懐から一分金を出した。中間の顔に下卑た笑いが浮かんだ。

翌日の夕刻近く。隆之介は、神田須田町《すだちょう》の表通りにいた。日本橋《にほんばし》から続く大通りの北の端で、この辺りでも結構な賑わいである。隆之介は半刻ほどの間ずっと、行き交う人々を見つめていた。機会は五分五分と思うが、見逃したくはない。毎日こんなことはしていられないのだから、うまく当たってほしいのだが……。

願いが通じたようだ。確かに見覚えのある侍が、筋違御門《すじかいごもん》の方から通りに入って来た。行く先は承知している。隆之介は動き出し、その男が路地を曲がって小料理屋の暖簾《のれん》に手を掛けた時を狙い、声を掛けた。

「おや、新井《あらい》殿ではありませんか」

その侍は、驚いて振り返る。隆之介より五つ六つ年嵩の、小太りで人の良さそうな男だ。

「はあ、どちら様でしたかな」

「牧瀬内膳正家中の、板垣隆之介です。この春の、奥方様の芝居見物の折、ご挨拶申し上げたと存じますが」

ああ、と新井の顔に愛想笑いが浮かんだ。

「牧瀬様ご家中の。はい、その節はどうも」

「初音様のお供をなさっておられましたな。初音様はお加減がお悪いと聞きましたが」

「左様、先日は御家の奥方様より丁重なお見舞いを頂き、家中一同、恐縮しております」

いえいえ、ご心配でございましょう、と応じてから、「この店にはよくおいでに？」と尋ねる。新井は、照れたような顔で「はあ、時々使っております」と答えた。無論、承知だ。昨日、中間に金を渡して、久保田家の近習が度々行っている店を聞き出してあった。特に新井は、二日に一度は、連れがいてもいなくてもここで飲んでいるという。まさに格好の相手だ、と思い、ずっと待っていたのだ。

「せっかくお会いしたのですから、ご一緒させていただいてもよろしいでしょうか」

おお、と新井は破顔した。

「無論、よろしいですとも。ささ、どうぞどうぞ」

幸いにして、新井は人付き合いを厭《いと》わぬ男のようだ。後は酒でどれだけ口を軽くできるかだな、と隆之介はニヤリとした。

新井とは、一刻余り過ごした。こちらが声を掛けた以上、こちらが払う、と言ってやると、新井は最初遠慮したものの、次第に調子に乗っていった。懐がそう温かいわけではないのだろう。なのに二日に上げず飲みに来ているというのは、相当酒好きなのに違いない。案の定、新井は酒の勧めを一切断らず、一升ほども飲んでしまった。そこまで酒に強くない隆之介は、正気を保つのに難儀したが、おかげで半刻もすると、新井の口はどんどん軽くなった。

店を出る時は、さすがに新井の足元は覚束《おぼつか》なくなっていたので、駕籠を呼んでやった。新井は大いに満足した様子で、また是非ご一緒に、と真っ赤な顔で隆之介に手を振った。隆之介は苦笑を浮かべつつ、ええ、またお願いしますと手を振り返した。

駕籠が行ってしまうと、隆之介は、やれやれと両頰を叩いた。明日は二日酔いに見舞われるかもしれないが、それなりの値打ちはあった。これなら姫様に喜んでいただけるだろう。つい笑みが浮かんでくる顔をどうにか引き締めると、少し川風に当たろうと柳原通りへ足を向けた。

「板垣様」

いきなり後ろから呼ばれ、ぎくっとして足を止めた。ゆっくりと振り返る。八丁堀の萩原が、薄笑いを浮かべてこちらを見ていた。

「だいぶご機嫌のようですねえ」

「うん、いや、知り合いと出会ったので一緒に飲んでいた」

「お知り合いですか。あれは確か、久保田家のご近習ですよね」

「え？　あんたも知ってるのか」

驚いて聞くと、萩原は隆之介をじろりと見返して、顎を掻いた。

「まあ、お顔ぐらいは、ね。羊羹の一件といい、瑞仙の一件といい、久保田様の御屋敷にゃあ、いろいろとあるんでね」

隆之介の酔いが、次第に醒《さ》め始めた。どうも偶然会ったわけではないらしい。

「こっちを見張ってたのか」

萩原は笑ってかぶりを振った。

「失礼ながら、そこまで暇じゃありませんよ。さっき、お二人がそこの店の前で会って、一緒に入ったのを見かけましたんでね。頃合いを見計らって、来てみたんですよ」

見計らって、か。そうではあるまい。恐らく昨日、久保田家の中間と話した辺りから、藤五郎ら配下の岡っ引きに自分を見張らせていたのだ。店を出たところで知らせを受けて出て来たのだろう。何を考えているのか、油断ならない。

「で、何かわかりましたかい」

隆之介は、むっとした。こっちの上前を撥ねようというのか。

「ただ、世間話をしただけだ」

「初音様のお具合とか？」

「まあ、そんなところだ」

ふうん、と萩原は疑うような目でこちらを見る。

「立ち話も何ですから、そこらで一杯、どうです」

萩原は目で十間ほど先の居酒屋を指した。いや、それは願い下げだ。

「いささか飲み過ぎてな。今夜はこれで失礼する」

そいつは残念だ、と萩原が言うのに背を向け、隆之介は歩み去ろうとした。

「どうしたわけで、久保田家に探りを」

後ろから萩原が聞いた。つい、振り返る。

「初音様がご心配なんですね」

隆之介は何と答えようかと迷ったが、黙って頷きを返した。

「そうですか。こっちもそいつは心配だが、大名家の中の話だ。俺たち町方には関わりねえ」

だったら構わないでくれ、と言いかけたが、萩原の表情が厳しくなり、思わず言葉を呑み込んだ。萩原は続ける。

「だがねえ。今度の羊羹の一件みてえに、大名家の都合で町方の者が迷惑を蒙り、挙句に人が斬られたり、死人まで出たとあっちゃあ、黙っとくわけにはいかねえ。それでも、俺たちは大名家の中には手を突っ込めねえ」

「何が言いたいんだ」

隆之介は踵《きびす》を返し、萩原と対峙《たいじ》する格好になった。萩原は、ニヤッと笑う。

「あんたがたはあんたがたなりに、今度の一件をどうにかしようとしてる。俺たちとしちゃ、それが悪いと言うつもりはねえ」

「じゃあ、何なんだ」

「大名に手を出せるのは、大名だけだ。違いますかい」

「それは御老中や大目付や評定所がやることだ。他家の内懐に手を突っ込むのは」

「御家の奥方様と姫様は、それをやろうとなすってるでしょう」

隆之介は言葉に詰まった。やはりそうか。萩原は、こちらが動いて久保田家中の謀議を炙《あぶ》り出すことを期待しているのだ。

「ま、お手並み拝見させてもらいますよ。だが、もし町方の手が入り用になったら、いつでも言って下さい。必ず駆け付けます」

萩原はそれだけ告げると、さっと背を向けて夜の雑踏の中に消えた。

翌朝、隆之介の顔が少々むくんでいるのを見た佳奈は、つい笑いを漏らした。

「もしかして、昨夜は飲み過ぎましたか」

「恐れ入りまする」

隆之介は赤くなって頭を下げた。その顔に安堵の色があるのは、上首尾だったから、というだけではなさそうだ。おそらく、自分が出かけている隙にまた彩智と佳奈が外へ出て、変なことを仕出かしていないか、気になっていたのだろう。

「それで、久保田家の家中の者から、話を聞けたのですね」

「はい、何とか」

隆之介が胸を張った。

「真砂の方様については、家中でも評が割れるようで」

何を考えているか表に出さないので、勝手な詮索をされることもあるらしい。

捉えどころがない、というのはあまり好ましくはあるまい。

「しかしながら、常に側に仕える侍女が申すには、お優しいお方ということでして」

側仕えの侍女の言葉なら、割り引く必要があるかもしれないが、嫌われたり恐れられたりしているわけでもないようだ。

「要するに、よくわからない人、ということね」

彩智がひと言で約した。だが、答えにはなっていない。

「は。ですが、気になることを聞き出しました」

ほう、と彩智が身を乗り出す。

「真砂の方様付きの侍女が、このところ毎日のように、寺に参っておるようです」

「寺へ？　真砂の方のお指図で？」

彩智はちょっと首を傾げた。

「久保田家の菩提寺《ぼだいじ》は、どこでしたっけ」

大名家は普通、国元と江戸に菩提寺を持っている。そこに行っているなら、墓参かもしれないが。

「浅草寺《せんそうじ》近くの常法院《じょうほういん》でございます。ですが、侍女の参っております寺は、そことは違うようで」

「屋敷の者は、どこの寺なのか知らないのですか」

「そのようにございます」

これはおかしい、と佳奈は思った。真砂の方は、侍女を内密に寺参りさせているらしい。だとすると、あまり良いことではないだろう。

「佳奈、これは何のためのお参りでしょうね」

彩智が問うてきた。筋の通りそうな答えは、一つ。

「呪詛《じゅそ》ではないでしょうか」

「まあ、なんと」

彩智は顔を引きつらせた。

「まさか、初音様のお命を縮めようと？　或いは、流産を願って？　そんな恐ろしい」

これはそのままにしておけません、と彩智は拳を握って腰を浮かせた。

「確かめましょう。その侍女、何刻頃に寺へ行くか、聞いたか」

「え、母上、ちょっと待って下さい」

佳奈は彩智の袖を引いた。

「まさか、呪詛の場に踏み込んで詰問する気ではないでしょうね」

彩智が目を瞬く。図星らしい。それでは、ほとんど殴り込みだ。隆之介も同様に思ったらしく、うろたえている。彩智は、困った顔になって座り直した。

「じゃあ、どうしましょう」

「だいたい、どこの寺なのかわからないのでしょう。それを突き止めるには、侍女を尾けるしかありません。その上で、侍女がお参りを済ませて帰るのを待って、住職に話を聞きましょう」

できるだけ穏便に、と佳奈は繰り返した。彩智は得心したらしく、おとなしく頷いた。隆之介は余程ほっとしたのか、見てわかるほど肩の力を抜いた。

「隆之介、ご苦労でした。よくやってくれました」

佳奈が労いの言葉をかけて微笑むと、隆之介は真っ赤になって平伏した。

侍女が寺へ行くのは昼過ぎだということなので、佳奈たちは昼餉を済ませてすぐ、駿河台に向かった。久保田家の屋敷に近付くと、彩智と佳奈は表門を見張り、隆之介は念のために裏門に回らせる。何だか罪人を追う役人にでもなったような気分で、佳奈は変に昂揚《こうよう》してきた。

待つのは、四半刻足らずで済んだ。斜向《はす》かいにある旗本屋敷の塀の陰で見張っていた佳奈は、それらしい侍女が一人、潜り戸から出てくるのを目にした。侍女は佳奈たちが隠れているのとは反対の側に向かった。どうやら、坂を下って昌《しよう》平橋《へいばし》の方へ行くようだ。駕籠も無し、供侍も無し。やはり内密の用向きらしい。

間もなく裏手から隆之介が出て来て、無言で佳奈たちの後ろに付いた。今日の二人は寺を訪れることを考え、若衆姿ではなく普通の武家の婦女の装いだ。供侍として隆之介を連れた姿は、武家の多い江戸では全く目立たない。

侍女は昌平橋を渡った。そのまま北へ進み、神田明神《かんだみようじん》下から大名旗本の屋敷が並ぶ門前町界隈を抜けていく。その先は、不忍池《しのばずいけ》だ。

「谷中《やなか》を目指しているようですね」

佳奈は遠目に侍女の背中を追いつつ、呟いた。あの辺は寺が多いから、と彩智も同意する。

半刻近く歩いて、侍女は谷中の一角にある寺の門をくぐった。佳奈たちは門前を通り過ぎざま、中を窺う。侍女が玄関で、若い僧の出迎えを受けているところだった。

「正厳院《しょうごんいん》か。なるほど」

　彩智が門に掲げられた寺名を読んだ。

「密教の寺のようですね」

　佳奈が囁くと、彩智は「いかにも、呪詛ね」と頷いた。密教だから呪詛、というのは乱暴な誤解だ。でも、していることを確かめるまでは、何とも言えない。

「奥方様、姫様、お疲れではありませんか」

　後ろから隆之介が小声で気遣った。駿河台から三十町くらいだろうか。こんなに歩いたのは、先日の下谷坂本町に続いて今年二度目だ。

「少し先の、天王寺《てんのうじ》門前町界隈に茶店がございます。ここはそれがしが見張ります故、そちらでお休み下さい。まだ半刻くらいは、出てまいりますまい」

　有難い申し出だ。佳奈は隆之介に「では、頼む」と言い置き、彩智を促して茶店へと疲れた足を運んだ。

　参詣客目当ての茶店で、長床几に腰を下ろす。自分で店に入って好きなものを頼む、という経験は度々あるわけではないので、少しわくわくする。

　茶と、白餡入りの饅頭と、落雁を頼んだ。運ばれてくると早速一齧《かじ》りし、口中に広がる甘味を楽しんだ。一方、彩智の頼んだのは羊羹だった。無論、満月堂のものではない。たぶん、もっと安価なものだ。彩智は楊枝に刺した羊羹を目の前に掲げ、しげしげと眺めた。

「羊羹が、始まりなのよねえ」

感慨にふけるかのように、羊羹をくるくる回す。

「もし満月堂の羊羹を買った人の家の水瓶に何か入れさせたのが真砂の方なら、どういう人たちを使ったのかしら」

佳奈は、はっと落雁をつまんだ手を止めた。そうだ。瑞仙ならそんな細工は簡単だと思ったのだが、瑞仙は無実だった。では、もし久保田家の侍が夜遅くに町家の間をうろついていたら、見咎められずに済むだろうか。町人の誰かを雇ってやらせた、と考えた方がいい。すると、真砂の方と組んでいる久保田家の有力者は、そんな汚れ仕事をする連中に伝手があるわけだ。萩原という同心は、そちらから手繰《たぐ》ることを考えているだろうか……。

そこまで考えた時、隆之介が小走りにやって来た。

「侍女が正厳院を出ました」

「わかった」

彩智と佳奈は、茶碗を置いて立ち上がった。

正厳院は、本堂と庫裡《くり》に小さな仏堂一つの、割合簡素な寺であった。牧瀬家の江戸の菩提寺などと比べると、半分ちょっとくらいの大きさだろうか。大名家の側室が関わるにしては地味な寺だ。だが、呪詛など頼んでいるなら、目立たない寺の方がいいかもしれない。

取次の若い僧に本来の身分を伝えたので、佳奈たちを迎え入れた住職は丁重な物腰ながら、すっかり当惑した様子であった。

「牧瀬内膳正様ご正室と姫様がお忍びで、当山にいったいどのようなご用向きでございましょう」

大名家の正室が来訪するような格式の寺ではない、と住職は恐縮している。彩智が早速、「こちらでは、呪詛……」とか言い出したので、佳奈は慌てて割り込んだ。

「私共は、久保田備中守様のご側室と懇意にさせていただいておりまして……」

彩智に、自分に任せろと目配せしつつ、佳奈は当たり障りないよう事情を話した。

「聞けば、真砂の方様はこちらによくお通いとか。さぞや霊験あらたかなお寺であろう、と存じ、一度お訪ねし、できれば初音様の御病平癒の御祈禱を、などと考えまして」

彩智と隆之介が、なかなかうまい口上ではないかという目で見ているのを感じ、佳奈はちょっと得意になった。敢えて初音の名を出したのは、もし呪詛が行われているなら、住職が動揺するのでは、と思ったからだ。だが住職の反応は、予想と違った。

「左様でございますか。それは誠にご奇特なこと。初音様の御病平癒につきましては、安産の祈願と併せ、真砂の方様より特にお頼みを頂いております。さらに重ねまして、拙僧に出来得る限りの御祈禱をさせていただきます」

え？　安産と病気平癒？　呪詛じゃなくて？　思わず住職の顔を見つめ直したが、嘘を言ったり取り繕ったり、という様子は微塵も現れていない。ちらりと彩智を見ると、呆気にとられた顔をしている。

「ええっと……その、真砂の方様は初音様のことをご心配……されているのですね」

「はい、左様に存じます。過分な御寄進も頂戴しておりまして」

好々爺《こうこうや》然とした住職は、目を細める。

「真砂の方様は、あまりお心の内をお見せになりませんが、大変お優しいお方でして。此度も、初音様は食あたりにしては治りが遅過ぎる、何か難しい病ではないかとお心を痛められ、ましてご懐妊されているので、お子に差し障りがあってはならぬと、大層ご心配でおられます。それで、内々で当山に御祈願を」

「左様でございましたか」

佳奈は微笑んだが、内心ではぽかんとしていた。真砂の方が、そんなに初音様の心配を？

「あの、御寺は久保田家とのご縁はないのではと存じますが、真砂の方様は何故こちらに」

「はい、真砂の方様のご実家は、御留守居役武岡主水正様の遠縁にあたる御家で、こちらが菩提寺になります。真砂の方様のお生まれになる時、安産の御祈禱は当山にてさせていただきました。そのご縁で、真砂の方様が寿々姫様をお産みになる時も、当山で安産祈願を。ただ、久保田家の菩提寺へのご遠慮がありますので、内々になされました。此度も同様で」

そういうことか。実家の菩提寺で安産祈願が成就したので、初音についての祈願もここで、という配慮だったのだ。菩提寺での祈願は久保田家から公式に行っているだろうから、真砂の方はそれに加えて、自身で祈願をしているのだ。佳奈は自分の見立て違いに、内心で大いに赤面した。

自分たちも相応の寄進を添えて初音についての祈禱を頼み、三人は正厳院を後にした。

「申し訳ありません。全然、違ってましたね」

不忍池に通じる道に出たところで、佳奈が言った。住職の話には、偽りも誤魔化しもないようだ。考えてみれば、真砂の方にはきちんと対面したことすらない。なのに、勝手な思い込みで悪者に仕立て上げるところだった。穴があったら入りたい気分だ。

「私ったら、久仁江さんまで疑いかけてしまって」

どういうこと、と彩智が怪訝な顔をする。

「一昨日来てもらった時、御膳の話をしたら顔色が変わったでしょう。もしかすると、真砂の方様に脅されるか何かして、久仁江さんが御膳に何か入れたのかも、と考えてしまったんです」

初音の膳の上げ下げをする久仁江なら、機会はいくらでもある。それで心配になったのだが、久仁江が顔色を変えたのは、自身がまずそのことに気付くべきだった、との悔いからだったのだろう。

「そうだったのね。でも、真砂の方がお優しい方で、本当に良かったわ」

彩智が屈託ない笑顔で言った。

「初音様は、お幸せね。そんな方々に囲まれて」

いえ母上、どういう状況か忘れてませんか。

「初音様を狙うのは何者か、という点については、振り出しに戻ってるんですけど」

ああ、そうでした、と彩智は額を叩いた。

「いったいどこに、悪者がいるのでしょうね」

「真砂の方様のお心とは関わりなく、後ろ盾である武岡主水正様が勝手に動いた、ということはないでしょうか」

隆之介が言った。おや、と佳奈は眉を上げる。どうやら、隆之介もこの一件にだいぶのめり込みつつあるようだ。

「なるほど。主水正殿なら家中の者を好きに動かせそうですね。御留守居役の立場なら、怪しげな浪人を雇う手蔓《てづる》もあるかも」

彩智はわかった風に頷いている。

「監物様は、この一件について主水正様とお話をされているはずです。どう思われるか、お聞きしてみましょう」

隆之介が、お任せを、とばかりに言った。

屋敷に帰り、隆之介は早速監物のところに行った。が、半刻も経たぬうちに、浮かない顔で佳奈たちの前に戻って来た。

「監物様に、さんざんに叱られました。お前まで、何をやっておるのかと」

「それは気の毒でしたね」

あまりに気落ちした様子に、佳奈はつい吹き出しそうになる。

「で、主水正殿については、どうでした」

「は、一応は教えていただきましたが」

石動監物は、隆之介の先日の進言を容れて、武岡主水正と初音の件について話をしていた。その際の主水正の態度は、理に適ったものだったという。

「初音様のことを、心配しておったということじゃな」

彩智が聞くと、「仰せの通り」と隆之介は答えた。監物の話によると、初音の病が単なる食あたりではなく、何者かの意図が加わっているかもと匂わせたところ、主水正は深い憂慮を見せたとのことだ。監物が見るに、主水正は御家騒動の芽があると承知しているらしい。だが無論、他家の同役に詳しいことを話したりはしない。

「監物様は、主水正様のご懸念は根拠あるもので、それをどうにか収めようと苦慮なさっているのだ、とお考えです。主水正様のお人柄は、篤実に思えた、とのことで」

つまり、監物の見方では、御家騒動がくすぶっているにしても、主水正が企んでいるとは思えない、ということだ。

「ただ、その」

隆之介は慎重に付け加えた。

「主水正様のご様子から察するに、もし何らかの野心を抱くなら、次席の谷山玄右衛門様の方ではないか、と監物様は思われたようです」

谷山玄右衛門？　そう言えば、監物に久保田家で有力な者は、と問うた時に名前が出ていた。だが彩智も佳奈も、どういう人物かは全く知らない。

十一

翌日の夕刻、隆之介は再び久保田家の近習、新井を呼び出した。一度一緒に飲んだので、今度は堂々と使いに文を持たせた。駿河台から神田川を渡ってすぐの神田旅籠町《はたごちょう》にいい店を見つけたので、そこで一献、と誘ったのだ。新井の返事は、それは是非、であった。

七ツ（午後四時頃）過ぎに久保田家の屋敷に行き、門番に取り次いでもらう。新井はすぐに出て来た。

「いや、早速のお誘い、恐縮ですなあ」

新井はにこやかに言った。初めて飲んだのはつい一昨日の話なのだが、新井は気にもしていないようだ。

実は、もう一度新井に会って谷山玄右衛門について聞けるだけ聞いてみる、と佳奈に言った時、僅か二日の間に続けて詮索するような真似をしては不審に思われないか、と懸念を示されたのだが、新井の様子を見る限り、杞憂《きゆう》だったらしい。

連れ立って昌平橋を渡り、佳津乃家《かつのや》という居酒屋に入った。いつか行こうと当たりを付けていた店で、居酒屋としては高級だが、名の知れた料理屋に比べると値は遥かに安く、さほど高禄とは言えぬ隆之介の懐にも優しい。

「ふむ、これはなかなかいい店ですな。この界隈は時々来るのに、知らなかった」

料理も悪くなく、新井は上機嫌で次々に銚子を空けた。酔うにつれ、新井の舌はよく回り出す。これはいい按配《あんばい》だ。

一刻近くも経つと、新井はいろいろと愚痴をこぼし始めた。

「どうも当家の御留守居役は堅苦しくていかん。少々羽目を外しただけで、そこまで言われるかというご叱責でなぁ」

「そりゃあ、当家の御留守居役と同じですなぁ。お互い、気を遣いますなぁ」

話の都合上、監物をこき下ろしつつ、隆之介は心中で詫びた。もっとも、三割くらいは本当の話だが。

その辺で少し水を向けてやると、新井は谷山玄右衛門についても話し始めた。

「あのお方は頭は切れるが、どうも野心がお強い。御留守居役を、目の上のたんこぶのように思っておられるかもしれんなぁ」

そんなことまで漏らした。新井の口調からすると、谷山は主水正の後釜を狙って、追い落としの機会を窺っているようだ。

「だがなにせ、御留守居役は真砂の方様の縁者。今のお立場は、盤石でござるからな」

新井は肩を竦めるようにして言った。谷山が焦っても、主水正に取って代わるのは難しい、ということか。それでも、主水正とそりが合わず、谷山に付く者はそれなりにいるようだ。新井はどちらかと言うと、一歩引いて成り行きを見守る側らしい。

そのうち、隆之介も酔いが回ってきた。新井の三分の一も飲んでいないはずだが、これ以上過ごせば、隆之介の方が下手なことを喋りかねない。聞きたいことは聞けたと思ったので、この辺でお開きにすることにした。

一昨日以上に飲んだ新井は、一昨日よりさらに危なっかしい足取りで佳津乃家を出た。駕籠は、と問うたが、近いので大丈夫、今宵は楽しかった、と新井は礼を言って手を振り、昌平橋の方へ千鳥足で歩いて行った。

隆之介はそれを見送ってから、道を右手に取って、神田川沿いに昌平坂へ向かった。小川町の牧瀬家上屋敷に帰るには、この道を行って水道橋を渡る方が近い。

昌平坂は右が学問所の塀、左は神田川になっている。もう夜更けで、人通りはほとんどなくなっていた。隆之介は一人、ほろ酔い加減で坂を上った。

歩きながら、新井の話していたことを考える。どうやら久保田家の江戸屋敷は主水正に付く者と谷山に付く者に割れていて、新井のように日和見《ひよりみ》をする者もいる、という構図らしい。御家騒動の芽は、確かにあるのだ。だが、それはどこの家中でもある話。主水正が真砂の方に付くのは当然として、初音様には誰が付いているのか。奥方様から聞いている話では、初音様は国元の城代家老の縁戚にあたる家の出だそうで、谷山との縁はない。それでも主水正に対抗するため、谷山が初音様を担ぐことはあるかもしれないが、だとすると初音様を害そうと企むのは主水正の一派では、というところへ戻ってしまう。どうもそれぞれの話が嚙み合わない……。

いろいろと頭を悩ませているうちに、水道橋が近付いて来た。確か瑞仙が襲われたのはこの辺りだったのでは、という不吉な考えがよぎる。見回せば、人通りはすっかり絶えている。

ええい、俺は何を考えている。隆之介は肩をそびやかした。今宵は充分な月明かりもある。自分も侍、無用なことで怖気《おじけ》づいてどうする。

ところが、である。少し足を速めて歩き出しかけたところで、前の方に人影が見えた。ぎくりとして足を止める。何か殺気のようなものが感じられる。

「何だ。何か用か」

影に向かって問いかけた。声が震えないように、と願う。

相手は返事をしなかった。いきなり、刀を抜いた。その刃が、月明かりを浴びて光った。

（おいおい、本気かよ）

慌てて隆之介も刀を抜く。

「牧瀬内膳正家来、板垣隆之介と知ってのことか！」

怒鳴ってみたが、やはり答えはない。だが無論、知ってのことだろう。相手は見たところ、三人だ。瑞仙を斬ったのと、同じ連中だろうか。いや、そうに違いあるまい。洪全は、相当腕の立つ者の仕業と役人から聞いた、と言っていたはず。それが頭に甦り、ぞっとする。

三人のうちの一人が、斬りかかってきた。うわっと思って、考えもせず刀を振るう。刃がぶつかる音が響き、相手の刀が逸れた。勢いでよろめいたものの、尻もちをつく無様な姿はさらさずに済んだ。うまく切っ先を弾いたようだが、はっきり言ってまぐれ当たりだ。隆之介の腕では、三人もまともに相手することなどできない。

（絶体絶命とは、このことか）

冷や汗が流れ落ちる。こんなところで斬られるとは……。

「待てーーーッ」

水道橋の方から、夜闇を切り裂く叫び声が聞こえた。はっとしてそちらを向く。揺れながら近付いて来る提灯《ちょうちん》の灯。橋板を蹴る足音。そしてあの声は……まさか、姫様！

叫びを聞いた三人の刺客の、動きが止まった。顔は見えないが、明らかに困惑している。引くかこのまま斬り合うか、迷っているようだ。

提灯がすぐ先まで来た。若衆姿の佳奈が、ほのかな灯りに浮かんでいる。その凛々《りり》しさに、隆之介は一瞬、胸が高鳴った。が、すぐに焦る。こんな場に姫様が来て、もしその身に何かあれば切腹どころでは済まない。

「お、お下がり下さいッ！　危のうございます」

必死で叫んだ。が、佳奈の方は呆れるくらい落ち着いている。

「危ないのはそなたの方じゃ」

笑い飛ばすように隆之介に言ってから、佳奈は提灯を投げ捨ててさっと刀を抜き放った。

「さあ薄汚い食い詰め浪人の屑ども。私を斬る度胸があるなら、かかって来い」

何てことを言うんだ、と隆之介は青ざめる。そんな相手を怒らせるような……いや、違う。挑発しているのだ。逃げてしまわないように。

果たして、先ほど隆之介に刀を躱《かわ》された一人が、「おのれ！」と怒鳴って斬りかかった。声で相手が女だと気付き、我慢がならなかったのだろう。真ん中の一人が止めようとしたかに見えたが、間に合わなかった。

佳奈は真っ向から突っ込んで来た相手めがけて、刀を一閃させた。刃が重なり、火花が飛ぶ。相手の男は刀を逸らされ、たたらを踏んだ。隆之介は、茫然とそれを見ていた。剣の腕は、明らかに佳奈の方が数段上だ。この程度の相手に、すっかり腰が引けていたとは、自分が情けなくなる。

くそっ、と呻いた相手は、再び斬りかかろうと刀を上げた。その時、地面で燃える提灯の炎で、佳奈が刃を返して峰打ちに切り替えたのがわかった。相手は闇雲に踏み込んだが、刀は空を切った。振り下ろしたその手首を、佳奈の刀がしたたかに打った。峰打ちでなければ手首が斬り落とされていたはずだ。いや、あの速さなら、峰打ちでも手首の骨にひびが入ったに違いない。相手の男は、刀を取り落として膝をついた。きっとその顔は、蒼白になっているだろう。

そこで、また水道橋の方から誰かが駆けて来る足音がした。三人の刺客は、ぎくりとした様子で背を向けた。逃げようというのだ。だが逃げるには、水道橋の袂《たもと》を通らねばならない。

真っ先に走り出した一人が橋の袂を過ぎようとした刹那、刃のきらめきが走った。その刺客は、うわっと悲鳴を上げ、頭を押さえて後ろにのけぞった。

「もう、佳奈ったら！　足が速過ぎます。私を置いて行くなんて」

隆之介は再び、仰天した。奥方様だ。やはり若衆姿だった。

「あー、ごめんなさい、母上。でも、急がないと隆之介が危なかったので」

「隆之介は無事なの？」

「はい、大丈夫です。怪我はないみたい」

「ああ、だ、大事ございませぬ」

大声で返事したものの、このざまは何だ。本来、近習たる自分は奥方様と姫様をお守りする役目だ。これでは全くあべこべではないか。

「そう、良かった」

彩智はたった今、髷を切り飛ばした相手の頭を刀の棟で殴りつけ、昏倒させた。もう一人の、佳奈に刀を叩き落とされた刺客は、戦意を失ってへたり込んでいる。彩智は残る一人の前に立ちふさがった。

「瑞仙殿を斬ったのは、あなたですか」

常とは違う、低くて凄味のある声だ。それに答える刺客の、せせら笑うような声が聞こえた。

「だったら、どうだと」

「役人に突き出さねばなりませんね」

ふん、と刺客が鼻で嗤《わら》った。

「斬るなと言われたが、こうなっては仕方あるまい」

三人の内で最も腕が立つらしい刺客は、改めて刀を構えた。彩智もおもむろに刀を上げる。双方とも、正眼の構えだ。ほう、と刺客が驚いたように息を吐いた。

「北辰一刀流か」

どうやら彩智の腕を見抜いたようだ。暗い中でも、体に緊張が走ったのがわかる。

二人はしばしそのまま、動かなかった。隆之介も動けない。佳奈も、動かずにじっと見守っている。耐え難いほど、気が張り詰めていた。が、そこで隆之介は気付く。強張っているのは、刺客の方だ。彩智の構えは、寧ろ悠然としていた。

突然、呼子の音が静寂の中に響き渡った。刺客が、はっと動揺する。その一瞬を捉え、彩智が一撃を打ち込んだ。刺客の手から、刀が落ちた。あっと思った次の瞬間には、彩智の刃が刺客の首筋に当てられていた。

「観念なさい。動かないように」

刺客の肩から、力が抜けるのがわかった。同時に隆之介も全身の力が抜け、その場に座り込んだ。

「やれやれ、ちょっとした騒動ですな、こりゃ」

北町奉行所の萩原藤馬は、苦笑しながら頭を掻いた。辺りは小者たちが掲げる提灯で、だいぶ明るくなっている。地面には、縄を掛けられた三人の刺客が座らされていた。

「これからこいつらを番屋へ引っ張るが、皆様方に番屋へ来てもらうわけにもいかんでしょう。ここでざっと話を伺えますかね」

わかった、と隆之介は襟元を整えながら言った。

「久保田家の近習と神田旅籠町の佳津乃家という店で飲んだ後、帰りにここへ差しかかったら襲われたのだ。待ち伏せされていたらしい」

「なるほどねえ」

萩原は刺客たちをじろりと睨んだ。皆、目を逸らせて何も言わない。

「で、襲われかけているところへ、まず姫様、続いて奥方様が助けに駆け付けたと」

「まあ……そうだ」

全く格好の悪いことこの上ないが、隠してもどうせ見抜かれる。

「そいつァ運が良かったですねえ」

いささか皮肉っぽく言ってから、萩原は十手で一番腕の立つ刺客の肩を叩いた。

「おう、あんたの名前は」

刺客は挑むような目付きで萩原を睨み返した。が、隠さずに名乗った。

「野州《やしゅう》浪人、江添又四郎《えぞえまたしろう》」

萩原は頷き、残る二人にも名乗らせた。が、雑魚《ざこ》はどうでもいいとばかりに、腰を落として江添に正面から向き合った。

「刀を調べりゃわかるが、松原瑞仙を斬ったのは、あんただな」

「違うと言っても、始まるまいな」

江添は不敵な笑みを浮かべている。

「あの斬り口から見ると、なかなかの腕のようだが、そちらのお方に傷をつけなくて良かったぜ。もしそんなことになってたら、とんでもない騒ぎだ」

「傷をつけなくて良かった、か」

江添は自嘲するように笑った。

「まともにやり合っていれば、今頃俺の首はその辺に転がっているだろうな」

はあ？　と萩原は目を剝き、彩智の方を見た。彩智は知らんぷりで、明後日の方角に顔を向けている。

「たまげたな。あのお方は、そんな凄腕だってぇのかい」

「俺が負けても、恥とは思えぬくらいにな」

ふうん、と萩原は感心するように鼻を鳴らしてから、江添に迫った。

「この板垣さんを襲うように頼んだのは、瑞仙を斬れと頼んだのと、同じ奴かい」

江添は、しばし黙った。だが、もうどうでもいいと思ったようだ。

「ああ、そうだ。同じ奴だ」

所詮金で雇われただけの相手、義理立てすることはない、と言わんばかりだ。

萩原は満足げに頷き、重ねて聞いた。

「どこの誰だい、そいつは」

「知らん。瑞仙の一件で初めて会った奴だし、当たり前だが、名乗りもしない」

それは萩原も予想していたようだ。苛立ちも見せずに、さらに聞いた。

「どんな奴だ。侍か」

「ああ。身分のありそうな侍だ。会った時には当人も供の者も、頭巾で顔を隠していた」

そうかい、と応じながら、萩原は訳知り顔になって十手で江添の肩を突《つっ》いた。

「お前さん、頭もだいぶ回るようだな。後で強請れるように、相手の何かを摑んでおいたんじゃねえのかい」

「強請るとは、人聞きの悪い。俺をどんな悪人だと思っているんだ」

「今さら何言ってやがる。正直に吐いちまえよ」

萩原が迫ると、江添は仕方ないとばかりに嘆息してから、言った。

「羽織は紋のないものを着ていたが、腰に提げた印籠《いんろう》に紋が入っていた。そいつを外し忘れるとは、迂闊な奴さ」

江添はニヤリとして、どんな紋だったか告げた。萩原が武鑑を調べれば、相手の素性はわかるだろう。

萩原は、それでいいと頷いて立ち上がり、佳奈たちに近付いた。

「それで、どうして板垣様が危ないと気付かれたんです」

「気付いたというか、ちょっと胸騒ぎがして」

佳奈が頭を搔いた。

「ほう、胸騒ぎ、ですか。何故に」

「相手の久保田家の近習が、一昨日飲んだばかりなのにまた隆之介の誘いを受けたと聞いて。そんな短い間に二度も誘って家中の話を根掘り葉掘り聞こうとしたら、相手も怪しむでしょう。でも、意外なほどあっさり応じた。もしかして、何か裏があるんじゃないかと」

「それに、帰り道には瑞仙殿が斬られた水道橋がありますからね」

彩智も口を添えた。

「だから、旅籠町から帰る頃合いを見て、迎えに出たのです。ちょっと遅いくらいでしたが、何とか間に合って良かった」

聞いていた隆之介は、逃げ出したくなった。自分はあまりにも気を緩め過ぎていた。なのに奥方様や姫様が、それほどまでにお心を配っていて下さったとは。気付かなかった自分は、何という愚か者だろう。

そこでふいに、佳奈が江添に歩み寄って聞いた。

「あなた、先ほど母上と対峙した時、斬るなと言われたが、と漏らしましたね。私たちが何者か知った上で、斬ってはならぬと指図を受けていたのですか」

江添は横目で佳奈を睨むようにしたが、素直に答えた。

「左様でござる」

「隆之介は斬れ、だが万一私たちが出て来たら、手を出すな。そういうことですね」

「いかにも。つい逸《はや》って、墓穴を掘ってしまったが」

江添はまた、苦笑を見せた。佳奈は「わかりました」と頷いた。その様子を見て、萩原が脇から言った。

「だいたいの筋書きが、見えましたか」

「少なくとも、今宵のことについては」

萩原はそれについては聞こうとしなかった。もう見当がついているのだろう。

「じゃあ、こいつらをしょっぴきます。私は、これで」

萩原は佳奈たちに深々と礼をすると、隆之介には軽い笑みを見せてから、江添たちを引っ立てて去って行った。

三人だけになると、隆之介はその場に平伏した。

「面目次第もございません。しかも奥方様と姫様にお助けいただくなど、それがし、近習として誠に……」

「ああ、もう良いから」

佳奈が、ほとんど面倒臭いといった調子で手を振った。

「とにかく立って。さっさと帰りましょう」

促され、隆之介はよろよろと立ち上がった。暗いので、情けない顔を見られずに済むのは幸いだ。

「ところで佳奈、だいたいの筋書きというのは」

歩き出してすぐ、彩智が尋ねた。それは隆之介も聞きたいところだ。

「ええ。あやつらを雇った者は、隆之介と飲んだ新井とか申す近習から、話を聞いていたのでしょう。牧瀬家の者が、しつこく探りを入れていると」

ああ、と彩智はわかった風に声を出した。

「探ってくる隆之介が邪魔で、黙らせようとしたのですね」

「それだけではありません。あの江添という男、母上に、斬るなと言われたが、と口にしたのは、私たちが出てくることがあるかも、と承知していたからです。私たちを斬りでもしたら、到底只事では済みません。御老中らが乗り出して、久保田家の危機になります」

「あんな奴らに斬られる私たちじゃないけど」

彩智が軽い調子で言うのを、佳奈が遮った。

「それはそうですが、向こうは私たちの腕を知りませんから。ですが隆之介を斬っても、喧嘩、物盗りなど、理由はいくらでも作れます。同時に、私たちへの警鐘になる。要らぬことに首を突っ込んでいると、牧瀬家にも災いが降りかかる、とね」

それを聞いて、隆之介も腑に落ちた。新井が二度目の誘いにすぐ乗ったのは、誰かの指図があったからだ。いろいろ愚痴をこぼしたのは、新井自身は陰謀の中身を知らず、ただ隆之介と飲んでこいと言われただけだからだろう。どのみち新井が何を話そうと、帰り道で隆之介を始末する段取りであったなら、気にする必要はない。

「ではその、釣ったつもりが釣られたのはそれがしだった、ということですか。何ともお恥ずかしい限りで……」

「鬱陶《うっとう》しいから、恥だとか何だとか、繰り返さないで」

佳奈にぴしゃりと言われ、隆之介はすっかり落ち込んでしまった。佳奈は、ちょっと済まないと思ったようだ。隆之介に顔を寄せ、言葉を足した。

「相手がこんな荒っぽい手に出た、ということは、私たちが本丸に迫っている、ということよ。そなたはよくやってくれたわ」

「はっ、恐れ入りまする」

いくらか気が楽になった隆之介は、佳奈の気配りに感謝しつつ、先に立って夜道を急いだ。

屋敷に戻ると、橘野がいつも以上に硬い表情で待ち構えていた。

「このような夜更けに、そのようなお姿までして、どちらにお出かけでしたか」

詰問された彩智と佳奈は、口をぱくぱくさせた。お前の知るべきことではない、と強引に下がらせることもできるが、後々厄介なことになるのは目に見えている。

「これはその……御家の一大事なのじゃ」

佳奈が言うと、橘野の眉が上がった。

「誠にございますか」

「うむ。隆之介にも働いてもらっているが、事が事だけに、他言はせぬよう」

確かに「御家」の一大事だが、牧瀬家の、とは言っていないから、嘘ではない、と佳奈は自分を誤魔化す。

橘野は疑わし気な目付きでじっと見つめていたが、やがて「承知いたしました」と言い、くれぐれも危なきことはなさらぬよう、と言い置いて下がっていった。佳奈は、ほうっと大きな溜息をついた。あれで得心したとは思えないが、家中総出の騒ぎにはするまい。彩智は佳奈に顔を向けて、「何とかなりましたね」と笑った。やれやれ、母上はどうしてそう呑気に構えていられるんだろう。

翌日、昼過ぎに萩原が牧瀬家にやって来た。隆之介を訪ねて来たのだが、佳奈はいち早くそれに気付くと、奥女中たちが制するのを無視して表座敷に出て行った。

「ちと邪魔をいたします」

勝手に障子を開けて入り込んだ佳奈に、対座していた萩原と隆之介は、驚いて目を瞬く。

「これは佳奈姫様。昨夜は、失礼仕りました」

萩原は咳払いして頭を下げたが、隆之介は困惑顔だ。上座だの下座だのは気にせず、佳奈は隆之介の隣に座った。

「萩原殿。わざわざのお越し、痛み入る」

それで、と佳奈は目で問うた。萩原は隆之介に、仕方ありませんなと苦笑を向けてから、用向きを話した。

「昨夜捕縛した江添又四郎他二名の浪人ですが、広野屋《ひろのや》という口入屋に出入りしておりました。昨夜のことを頼んだ侍も、広野屋の口利きであったようです」

広野屋？　佳奈は隆之介に目を向けた。が、隆之介も心当たりがないようだ。

その様子を見て、萩原が言った。

「広野屋は、久保田家に女中や中間を斡旋《あっせん》しております」

なるほど、そういうことか。

「大名家出入りの商人が、あのような怪しげな浪人者を使っているのですか」

「口入屋という商いは、いろいろな連中を相手にしますからな。多かれ少なかれ、裏の者たちとの伝手を持っております」

ふうん。商いのことは、やはりよくわからない。

「萩原殿。それで、江添らに仕事を頼んだ侍とは。紋を調べたのであろう」

隆之介が催促した。萩原は、ええ、と勿体《もったい》を付けるように頷いた。

「すぐにわかりましたよ。同じ紋を使う家はいくらもあるが、此度の一件に関わりがありそうなのは、お一方だけです」

それは、と佳奈が身構えると、萩原は二人の顔を交互に見ながら言った。

「久保田家江戸留守居役次席の、谷山玄右衛門殿です」

十二

萩原は、四半刻ほどで牧瀬家を辞した。この後、広野屋を呼び出して尋問するそうだ。

「ですがね、ああいう連中は海千山千だ。使える浪人を探してくれ、と言われて紹介しただけで、人斬りだと知っていたら断りました、なんて逃げ口上を用意してるに決まってます」

だから期待しないように、と萩原は言った。要するに、谷山玄右衛門を摑まえて口を割らせるしかない、ということだ。

「谷山殿が？　何だか解せませんねぇ」

佳奈から話を聞いた彩智は、首を傾げた。

「谷山殿はどうして私たちを止めようとするのでしょう。私たちは初音様をお守りしようとしているのに」

少なくとも、谷山が初音を害そうとする理由は思い付かない。逆に、武岡主水正との対抗上、初音にすり寄る方が余程筋が通る。

「ただ単に、久保田家の騒動に手を突っ込んでほしくない、というだけかも。私たちのお節介で事が表沙汰になったら、御家の恥、ということで」

「それだけなら、監物に苦情を述べるとか、穏便なやり方はいくらでもありそうだけど」

確かに、いきなり浪人を雇って襲わせるとは、乱暴に過ぎる。やはりどうしても探られたくない企みがある、としか思えない。

「うーん仕方ない。谷山玄右衛門を捕らえて締め上げることにしましょう」

彩智の言葉を聞いて、さすがに佳奈は目を剝いた。

「何てこと言うんですか。家同士の戦になってしまいますよ」

「怒らないで。戯言《ざれごと》に決まっているじゃない」

「真面目な顔で、物騒な戯言を言わないで下さい」

ふふふと笑ってから、彩智は急に思い付いたように言った。

「ねえ佳奈。口入屋って、行ったことある？」


神田多町《たちょう》は日本橋通りの二本西側の通りだが、一丁目に青物市場があるので、いなせな八百屋連中が大勢行き交い、いつも賑やかだ。通りを歩く彩智と佳奈は、市場から飛んでくる景気のいい掛け声を聞き、時に急ぎ足の八百屋たちにぶつかりそうになりながら、普段は縁のない光景に目を見張った。

「とっても元気のいい町なのねえ」

彩智は無心に感嘆している。

「私たちの御膳に上る野菜も、ここからやってくるのね。何だかびっくりするわ」

「母上、足元がお留守になっています」

佳奈は、市場に目を釘付けにしている彩智の脇腹を突いた。

「市場の商いは朝だということですから、今は空いているはずですけど、それでもこの人混みです。気を付けて下さいね」

言いながらも、行き交う人々がしきりに自分たちに目を向けて来るのが気になった。どう考えても若衆姿は、この町にそぐわない。

「でも、一昨日の晩にあんなことがあった後なのよ。刀は持っていないと目立ち過ぎると佳奈が言っても、一蹴されてしまった。

「はいはい、わかりました。市場は充分ご覧になったでしょう。行き先はあっちです」

佳奈は左手の先を指した。今日は彩智と二人だけだ。隆之介がついて来ようとするのを、あなたはまた狙われるかも、と脅して屋敷に置いて来たのだ。隆之介も、自分のために却って佳奈たちが危なくなる、と匂わされては、ぐうの音も出まい。

「そうでした。行きましょう」

彩智は名残惜しそうに市場を見ながら、佳奈の促す方へ向かった。

多町の戌亥《いぬい》（北西）の側、佐柄木町《さえきちょう》の通りに、広野屋は店を構えている。その前に行ってみると、間口五間ほどの店には、何人もの男たちがたむろしていた。いずれも人相がきつく、力仕事をしていそうな連中だ。女中の斡旋もしていると聞いたが、女の姿はなかった。

「これが口入屋ですか」

彩智が店先を覗き込むようにして、言った。

「あれはもしかして、働き手を求めるものかしら」

指差すところを見ると、表の板戸に「青島屋《あおしまや》　手代一人」とか「須田町備前屋《びぜんや》女中一人」とか書き出した貼り紙がしてある。中間三人、というのもあった。どこかの旗本家らしい。

「あれが番頭みたいですね。給金の駆引きでしょうか」

暖簾の奥に帳場らしい囲いがあり、そこに座った中年の男が、上がり框《かまち》に腰掛けた若い男と、何やらやり取りをしていた。そいつァ安過ぎる、などと言う声も聞こえる。

「ああやって、働き手を求める人と、働き口を探す人を結びつけるのですね」

彩智は店の様子を見て、しきりに頷いている。

「あの、母上。私たち、何しに来たんでしたっけ」

佳奈が指で彩智の肩を突くと、彩智は「さあ」と、とぼけた顔をした。

「広野屋という店を、見てみたかったんだけど」

「見るだけ？　広野屋の主人に話を聞くとかじゃなく」

「だって、それは御奉行所の萩原殿がやっておられるでしょう。私たちに何も話してくれるとは思えないし」

ここへ来たら、もしかして怪しい者が出入りしているかも、と思ったのよ、と彩智は言った。今さらながら、佳奈は呆れる。

「谷山が来たりしていないか、なんて思ったんですか」

まあね、と彩智は曖昧に笑う。そんな都合のよい偶然があるものか。文句を言いかけた時、横から声がかかった。

「手前どもにご用でございますか」

ぎくっとして振り向くと、前掛けをした男がこちらを睨むように立っていた。広野屋の手代に違いない。だが、商家の手代にしては目付きが良くない。広野屋が、怪しげな連中を相手の商いもしているというのは、本当のようだ。佳奈たちが店の様子を窺っているのに気付き、何者か確かめに来たのだ。

「あっその、ご用というか……」

「御武家様の御女中がご用であれば、御屋敷での働き手をお求めでしょうか。でしたら、店の方で伺いますが」

手代は愛想よく言いながらも、そういう用向きならその出で立ちは何だ、と言いたげな目でじろじろ見てくる。佳奈は言葉に詰まった。

「いえ、あの……」

ちょうどその時である。何人かがばたばたと通りを走ってくる音がした。手代がそちらを見て、ぎょっとする。驚いたのは佳奈も同じだ。駆けて来るのは、萩原だった。後ろに、十人余りの捕り方を従えている。彩智と佳奈は慌てて、脇に避けた。

手代はさっと身を翻《ひるがえ》し、店に駆け込んだ。萩原は目立つ若衆姿の彩智と佳奈に気付き、一瞬目を丸くしたが、そのまま手代の後を追うように、捕り方たちと広野屋に雪崩《なだ》れ込んだ。

通りを歩いていた人々が、何事かと集まって広野屋を遠巻きにした。彩智と佳奈もそれに交じる。店の内から、萩原の怒鳴り声が聞こえた。

「おい、半吉郎《はんきちろう》はどこにいる。隠し立てすると、ためにならねえぞ」

番頭が何か答えているようだが、しどろもどろなので外にいる佳奈たちには聞き取れない。苛立ったらしい萩原が、「上がるぞ」と大声で言った。すると、奥から何人かが出てくる音がした。続けてまた、萩原の声が響く。

「何だてめえら！　御上の邪魔立てしようってのか。その気なら、ただじゃおかねえぞ」

広野屋の者か用心棒の類いが、抗おうとしたのだろう。間もなく店の奥から激しい物音がして、どしんばたんの大騒動になった。彩智と佳奈は、ただぽかんとして外で突っ立っていた。

「これは、殴り込みとかいうものでしょうか」

彩智が間の抜けたことを言った。

「踏み込んだのは役人ですから、大捕物、と言って下さい」

隆之介がこの場にいたら、なんと言っただろうか。佳奈たちは他の数十人の野次馬と一緒に、しばし成り行きを見守った。

四半刻も経たないうちに、騒ぎは静まった。野次馬の視線が集まる中、まず十手を掲げた萩原が出て来た。野次馬たちに十手を振って、下がってろと命じる。

野次馬が一歩引いたところで、捕り方に両側を押さえられ、縄をかけられた連中がぞろぞろと出て来た。一人は、さっきの手代だ。あと三人、人相の悪いのが続く。こいつらは捕り方に手向かったのだろう。

最後に、捕り方四人に厳重に囲まれた男が出て来た。三十前くらいの町人だ。暴れたらしく、髷が崩れている。顔立ちは悪くないが、世を拗《す》ねたような歪みが見て取れた。たぶんこれが萩原の狙っていた半吉郎という男なのだろう。

お縄になった五人は、一列に並んで引っ立てられていった。殿《しんがり》に、萩原がつく。彩智と佳奈は、野次馬たちから離れ、萩原の後を付いて行った。

一町ほども行った時、萩原がぴたりと足を止め、ゆっくりと振り向いた。

「ついて来られちゃ、困るんですがねえ」

あら、と彩智が頬を膨らませる。

「たまたま同じ方角に歩いているだけです」

萩原が失笑した。

「御屋敷は、あっちの方じゃないですかね」

十手で、右手の方を指した。その通りなので、彩智は黙る。代わって佳奈が尋ねた。

「広野屋で、いったい誰を捕らえたのです。半吉郎というのは、何者ですか」

「そいつは、奉行所の仕事なんで」

関わりない者は引っ込んでいろ、とでも言いたげだったが、佳奈たちは充分関わりがある。その意を含んでじろりと見つめてやると、萩原は諦めたように嘆息した。

「番屋の三軒隣に飯屋がある。そこで待ってて下さい。こいつらを番屋に押し込んでから、行きます」

佳奈は承知して、彩智とともにその飯屋に向かった。


町の飯屋に入るのは、初めてだった。縄暖簾をくぐると、いらっしゃいと声がかかる。こちらへどうぞと言うので、小上がりに座ったが、さてどうしたものか勝手がわからない。しばらく待つ以上、何か頼まないと具合が悪かろう。

どうします、と小声で彩智に聞いたが、任せます、とあっさり片付けられた。

仕方なく、初老の店主に何ができるか聞いてみる。鰈《かれい》の煮付けならすぐ出せる、と言うので、それを頼んだ。

飯時を外れているせいか、他に客はいなかった。じっと座っていると、厨《くりや》の方からいい匂いが漂ってくる。屋敷で厨に行くこともたまにはあるが、こんな匂いはしていない。何だか、口の中に唾が湧いて来た。

「お待たせしやした」

店主が、飯と鰈と汁の載った盆を、二人の前に置いた。丼飯を見て、佳奈はびっくりする。ご飯をこんな大盛で出されたことはない。それに、屋敷の御膳は冷めているのに、目の前の膳は湯気を立てている。佳奈は箸を取って、まず煮付けを口に運んだ。そして、目を見張った。屋敷の膳に比べると、格段に味が濃い。それが口中に染み渡る。温かいから、さらに旨味が増す。これは、と思ったところで、彩智が先んじて「美味しい！」と声を上げた。

「温かい出来立ての御膳なんて、いつ口にしたかしら」

美味しいのひと言を聞きつけた店主が、「ありがとうございやす」と破顔した。

「ねえ佳奈、町の飯屋さんも、とてもいいものねえ」

余程満足したか、彩智は目尻を下げて忙しく箸を動かしている。佳奈も同じ気分だった。屋敷の料理は食材こそ高級だが、出来立ての味わいに勝るものはない。残念ながら、屋敷で同じことはなかなかできない。

結局、丼飯まで全部残さず食べてしまった。彩智はどうやら文字通り、味を占めたようだ。きっとこの先何度も、お忍びで町に食事に行こうとするに違いない。もっとも、佳奈もそれに付き合うのは吝《やぶさ》かではない。

半刻近く経って、ようやく萩原が店に入って来た。二人の顔を見て、僅かにがっかりしたようなのは、待ちくたびれて帰ったのではと期待していたからだろう。そうはいかない。

「どうも、お待たせいたしました」

萩原は小上がりに座ると茶だけ頼み、店主に引っ込んでいるよう伝えた。店主はおとなしく姿を消した。

「ちょいと調べに暇を食っちまったもので」

馴染んできたのか、萩原はくだけた物言いをした。佳奈としても、変に堅苦しいよりその方がいい。

「構いません。それで、半吉郎という者は何をやったんですか」

「満月堂の羊羹を買った家の水瓶に、薬を入れて回ったんですよ」

ええっ、と彩智と佳奈は飛び上がりかけた。やはり佳奈の見立ては、正しかったのだ。だがそれが、広野屋の手の者だったとは。

「どうしてわかったんです」

「それなんですがね」

呼び出しに応じた広野屋は、やはりのらりくらりで、尻尾を摑ませるようなことは喋らなかったそうだ。だが萩原は広野屋を帰らせた一方で、岡っ引きたちを繰り出して広野屋の周りを虱潰《しらみ》しに聞き回らせた。すると、盗人上がりの半吉郎という男が、先月から広野屋に雇われているらしい、とわかった。それだけなら珍しいことではないが、念のため調べると、半吉郎は住んでいる長屋に帰らず、ずっと広野屋に行ったきりだという。広野屋が半吉郎を隠しているなら、何か悪事をさせているに相違ない。時期からすると久保田家に関わることだと考えられた。

「それで、ふっと姫様が言ってたことが浮かんだんですよ。水瓶の話。半吉郎は忍び込みの手練れだ。奴を使やあ、夜でも昼でも、こっそり水瓶に薬を仕込むなんざ、朝飯前だ」

そこで半吉郎に絞って、食あたりが出た家と満月堂の周辺を当たらせた。すると、半吉郎の人相とそっくりな男が、満月堂の周りを何度もうろつき、時に見張るような様子を見せていた、ということがわかった。

「おまけに、半吉郎らしいのが羊羹を買った客を尾けていくのを見た、って者も現れましてねえ。こいつは決まりだ、と思って、踏み込むことにしたんですよ」

「それを、たった一日で調べ上げたんですか」

佳奈は舌を巻いた。萩原はニヤリと笑い、十手を示して「こいつを舐めちゃあいけやせんぜ」と言った。

「さすがは八丁堀。恐れ入りました」

佳奈は思わず頭を下げた。萩原が苦笑する。

「四万石の姫様が、三十俵二人扶持の俺なんぞに頭を下げちゃあ、いけませんよ」

「この際、身分は忘れましょう」

彩智が脇から言うと、萩原は「そいつは恐縮で」と頭を搔いた。

「それで、半吉郎は吐いたんですか」

吐いた、などと佳奈が言うのを聞いて、萩原はまた苦笑した。

「ええ。吐きました。それで、半刻近くもお待たせしちまったわけで」

半刻で吐かせたのなら、これも大したものだ。

「誰の指図だったんです」

「広野屋です。だが、広野屋に誰が頼んだか、ですよ。半吉郎と一緒に広野屋を踏ん縛れたら好都合だったんだが、生憎、広野屋の主人は留守でした。今朝早く、店の者には行き先を言わずに出かけたそうで」

これを聞いて、佳奈は訳知り顔に微笑む。

「萩原殿のことですから、広野屋には見張りを置いてたんでしょう。主人の行き先まで、岡っ引きが尾けてますよね」

「お見通しですかい」

萩原は笑みを返した。

「まあ、夕方までにゃあどこに行ったかわかるでしょう。その行き先が、今度のことの頼み人かもしれねえ」

萩原は、敢えて広野屋を先に捕らえず、泳がせておいてその間に半吉郎を押さえたのだろう。なかなか芸が細かい。

「じゃあ、その行き先と相手がわかったら、教えてもらえますか」

萩原はちょっと渋い顔をしたが、まあいいでしょうと頷いた。

「乗りかかった船。一蓮托生《いちれんたくしょう》。ま、こうなりゃどっちでもいいや」

萩原はそんな言い方をして、笑った。

萩原から改めて知らせが届いたのは、翌々日になってからだった。

「このような書付を寄越しました。姫様宛になっております」

隆之介は、岡っ引きの藤五郎が持って来たという書付を差し出した。幾分不機嫌な様子なのは、一昨日、隆之介を置いて彩智と佳奈が広野屋に出向いたことを、まだ不満に思っているからだろう。もしかすると、そのせいでまた監物から叱責を受けたのかもしれない。

佳奈は宥めるように礼を言って、書付を開いた。彩智が横から覗き込む。

「広野屋は、今戸《いまど》の船宿に行ったようですね。今はそこに潜んでいて、萩原殿の配下がいつでも捕らえられるよう見張っているとか」

「広野屋は、見張られているのに気付いておらぬのでしょうか」

隆之介が聞く。

「さあ、どうでしょう。船宿なら、いざとなれば舟で逃げるつもりかも」

もっとも、そのぐらいは萩原も見越しているだろう。少しの間泳がせ、誰と通じているか全て確かめる気に違いない。

「そこで会った相手がいるらしいわ。下谷の葛城屋《かつらぎや》、という店の主人だそうよ」

彩智が書付を読みながら言った。

「聞かぬ名ですな。どういう店でしょう」

「筆などを扱う店ね。大店ではなさそう。でも……」

佳奈は終いまで読んで、眉間に皺を寄せた。

「娘が、久保田家で女中奉公をしているんですって。そんな関わりがあるとは」

そこまで調べるのに、萩原は昨日一日かけたようだ。隆之介は心得顔になる。

「久保田家の奥女中なら、誰の指図かしら。初音様の御膳に何か仕込むことはできましょうな」

「ええ。でも、誰の指図かしら。それに、久保田家の中で起きた話なら、実家は関わりないでしょう。どうして広野屋と葛城屋が会わなくちゃならないの」

ふむ、と隆之介は考え込んだ。そこで彩智が聞く。

「その娘、名前は」

「ひさ、というらしいけど、奥女中としての名は別にあるのでは」

町方の娘が屋敷奉公に上がり、武家らしい名にすることはままある。

「やっぱり、これだけではわからないわねえ」

彩智が溜息をついた。が、すぐに手をぽんと叩く。

「これは是非」

「葛城屋に行くとおっしゃるんですか」

すかさず、佳奈と隆之介が声を合わせて言った。図星らしく、彩智はえへへと笑った。

昼餉もそこそこに、彩智と佳奈は支度をして屋敷を出た。今度は隆之介も一緒だ。彩智は刀を持つのにこだわったが、もう目立つ格好は駄目、と佳奈が懸命に諭し、普通の武家の婦女の装いで辛抱させた。

下谷には幾つも町があるが、筆を扱う店に限れば、そんなに何軒もあるわけではない。番屋に行って筆屋の葛城屋、と聞けばすぐにわかった。下谷長者町《ちょうじゃまち》の表店だ。

三人は長者町通りに入って間もなく、その店を見つけた。間口は三間余り。確かに大きな店ではない。小僧が一人、店先を掃いていた。通り過ぎざまに暖簾の隙間を覗くと、台の上の箱に並べたものの他、軒にも筆が何十本か吊るされている。客の姿は見えない。奥の帳場には、四十年配の男が座っている。娘を女中奉公に出すのに相応の年格好だから、これが主人かもしれない。

「ちょっと入ってみましょう」

彩智が先に立って、暖簾をくぐった。帳場の男がすぐに立ち、愛想笑いを浮かべて近寄る。だが佳奈には、その笑いがわざとらしく、まるで不安を押し隠しているかのように感じられた。

「いらっしゃいませ。主人の伊兵衛《いへえ》でございます。お筆をお求めでございますか」

「ええ。奈良筆《なら》の良いものがあれば、と思いまして」

奈良筆は千年の歴史を持つ高級品だ。彩智も佳奈も、一本ずつ持っている。上客と見てか、伊兵衛の目尻が下がった。

「はい、奈良筆でしたらこちらに。いずれも、上物でございます」

伊兵衛は奥に並んでいる箱入りの筆を示した。見たところ奈良筆に間違いなく、穂先も艶々としている。だが、種類は少ない。ざっと見たところ、売り物のほとんどはごく普通の江戸筆だった。

「こちらは山羊《やぎ》の毛でございまして」

伊兵衛が勧めてくるのは、確かに良い品ではあった。だが佳奈は、台の表面に筆の箱を持ち上げた跡が微かに見えるのに気付いた。つまり、だいぶ長いこと置いたままだった、ということだ。高級な品は、ほとんど売れていないらしい。

彩智は勧められた筆を手に取り、字を書く仕草をしてみてから、首を捻ってみせた。

「ちょっと手に馴染まない感じがします。いま少し細いものは」

ではこちらを、と伊兵衛が差し出すのをまた手にし、矯《た》めつ眇《すが》めつする。その間に、佳奈は店の様子を仔細に眺めた。やはり、流行ってはいないようだ。並べられている筆に、新しいものは多くなかった。

もう良かろう、と佳奈は彩智に目配せする。彩智は筆を伊兵衛に返し、気に入ったものがなかったので、と断った。伊兵衛は、良い物を仕入れておきますので、またどうぞと三人を送り出した。だが、物腰こそ丁寧なものの、その顔つきは帰ってくれるのが有難いかのようであった。

通りに出て、隣の店の前で立ち止まると、佳奈は葛城屋を示して言った。

「何だか変な感じ。あの主人、何か怖がってるみたいで、明らかに怪しいです」

広野屋に役人が迫っていることは、船宿で主人に会って聞いたはずだ。だが、不安そうにしながらも店を開けているのは、広野屋さえ捕まらなければ自分まで手繰られまいから、焦って動かぬ方がいい、と思っている故だろう。

「それに、ぱっとしない店ですね。言っては何だけど、先細り、という感じ」

「久保田家の奥女中の実家なら、もう少し立派な店かと思ったけれど」

彩智も首を傾げる。そこで隆之介が言った。

「商いが今一つなので、娘を屋敷奉公に出して箔をつけ、良縁を求めようという考えかもしれません」

「ははあ。お金持ちの家に嫁がせて、自身の店も支えてもらおうと」

佳奈が言うと、そんなところでしょう、と隆之介は応じた。

そこで「では、行って参ります」という声が聞こえたので、佳奈たちは葛城屋に目を戻した。風呂敷包みを持った中年の女が、暖簾を分けて出てくるところだった。葛城屋の女房だろうか。用事でどこかへ出かけるようだ。

佳奈たちは、道の際に寄った。女は佳奈たちを気にすることもなく前を通り過ぎる。顔がはっきり見えた。

途端に、佳奈は凍り付いた。気付くと、傍らの彩智も固まっている。女はこちらの気配には全く気付かず、南の神田の方へと歩き去った。

「あの、どうかされましたか」

二人の様子がおかしいのに気付いたか、隆之介が声をかけた。佳奈は返事をしない。頭の中を様々な考えが、一気に駆け巡りだしたのだ。

やがて、渦巻いていた考えが落ち着き始めた。佳奈は、「ふう」と大きく息を吐くと、隆之介に顔を向け、微笑んだ。

「どうやら、ちょっと見えてきたみたい」

は？　と訝しむ隆之介に「行きましょう」と言うと、佳奈はさっと踵を返した。確かめなくてはならないことは、まだ幾つもある。

「お戻りになりますか」

隆之介が聞いたが、佳奈はかぶりを振った。

「瑞仙殿のところへ参ります」

不意の話に、えっ、と隆之介が驚く。

「お見舞いでございますか」

「ええ。知りたいことがあるの」

佳奈はそれだけ言って、足を速めた。

湯島の瑞仙の家に着くと、ちょうど患者らしい、顔色の悪い男が出てきた。瑞仙が斬られて人事不省《じんじふせい》となっても、診療は変わらず弟子たちが続けているようだ。江戸の人々にとっては、有難いことだった。

玄関で案内を請うと、洪全が飛んで出て来た。

「これは内膳正様ご家中の。またのお運び、誠に恐れ入ります」

彩智と佳奈が牧瀬家の奥方と姫、ということはまだ悟られていないようで、安堵する。

「瑞仙殿のご容態は如何ですか」

「はい、徐々に良くなってはおります。まずは、どうぞお上がりを」

洪全は三人を、この前と同じ奥座敷に通した。

「おかげさまで、瑞仙先生は意識を取り戻されました。ですが、お話はまだできませぬ」

座に落ち着いてすぐ、洪全が言った。佳奈たちは胸を撫で下ろした。

「それは良うございました。病を患う多くの方々のためにも、一日も早く快癒されますことを願うております」

彩智が言うと洪全は、何よりのお言葉ですと礼を述べた。洪全が言うには、瑞仙は着実に回復しているものの、話ができるようになるまではまだ何日か、起き上がるにはひと月以上かかりそうだ、とのことである。

「先生を斬った咎人は捕らえた、と北町の萩原様から聞きました。さすがは八丁堀のお役人様、とほっとしております」

やはり物盗りの類いだったのでしょうか、と洪全は言う。どうやら斬られた事情について、萩原は洪全に何も告げていないようだ。まだ企みの全貌がわからない以上、当然だろう。佳奈たちが関わったことも伏せてあるようで、それは有難い。

「瑞仙殿が斬られた事情についてですが」

佳奈は慎重に言った。洪全の顔が少し不安げになる。

「やはり久保田家に関わること、と考えるべきかと思います」

ああやはり、と洪全は嘆息した。ずっとその考えを抱いて、不安に苛《さいな》まれていたようだ。

「そこで尋ねます。瑞仙殿は、久保田家で知り得たことについて、何か漏らしてはおられませんでしたか」

洪全の顔に、惑いが浮かんだ。

「は、何か、とおっしゃいますと……初音様について、でございますか」

「いえ、初音様ではありません。別のお人に関して、です」

洪全の体が、強張るのがわかった。

屋敷に戻った佳奈は、すぐに監物を呼んだ。

「またどちらかに、お出かけであったようでございますな」

佳奈の前に座った監物は、苦々しげに言った。彩智と佳奈の気儘な振舞いのおかげで胃を痛めている、と橘野から聞いているので、少し申し訳なく思う。だが、ここまで来たらきちんと片を付けなくてはならない。もう少し我慢してもらおう。

「心配には及ばぬ。変な場所には行っておらぬし、隆之介も一緒であった故」

ですが、と言いかける監物を制し、佳奈は聞いた。

「当家に側室は国元のお奈美《なみ》の方一人ですが、久保田家には真砂の方と初音様の他、国元のお二人を合わせ、四人おられますね」

いきなりそんな話を振られ、監物は唖然とした様子だ。

「いったい何のお話で」

「大名家の側室とは、何人くらい置くものでしょうね」

「はあ？」

監物はますます混乱したようだ。が、一応考えて答えた。

「ご正室のみ、という例もございますが、まず二、三人ほどかと。無論、御家の石高、格式や勘定具合によって様々に事情がございます故、一概には申せませぬ」

「側室を置けば、それなりの費えがあると」

「無論でございます」

「例えば、ですが、久保田家ほどの御家で側室が五人、六人となると、どうなります」

　監物の目が丸くなる。

「そのようなお話がございますので」

「あくまで例えば、です。如何か」

　監物は困惑を消さぬまま、答えた。

「さすがに、多過ぎましょう」

　でしょうね、と頷く。

「お殿様がお望みであっても、御家の台所事情で無理、ということもあるのですね。そんな時、どうしますか」

「どうしますかと言われましても……殿に事分けをお話しし、思い止まっていただくしか。まあ、そのご側室のご実家が大変裕福で、勘定のお助けを得られるなら別ですが」

ああ、これは話が下世話に過ぎましたか、と監物は恐縮する。

「いえ、そういうことが大事なのです」

佳奈が言ってやると、監物はどうもわからん、という目付きをした。よし、そろそろ本題だ。

「監物、折り入って頼みがある」

話の流れが変わったので、監物は居住まいを正した。

「は、何なりと」

「武岡主水正殿と、話をしてもらいたい」

監物の顔に、再び困惑が広がった。

十三

それから三日後。彩智と佳奈は、正厳院に向かった。今日は二人とも、立派な乗物に乗っている。つまり、公の外出である。従うのは、石動監物と板垣隆之介。さらに供侍が七人。ちょっとした行列だ。

山門を入ったところで、二人は乗物を降りた。境内はそれほど広くはなく、先に着いていた乗物もあるので、山門から本堂までがすっかり埋まった。

住職が出て来て、丁重に佳奈たち一行を迎えた。

「わざわざのお運び、恐悦至極に存じます」

お運びと言っても、この集まりを求めたのは佳奈たちの方だ。彩智が挨拶を返す。

「こちらこそ、急な願いを聞き届けいただき、有難く存じます」

なんの、と住職はかぶりを振り、一行を本堂へ誘った。

「先方はもうお着きのようですね」

佳奈の言葉に、住職は「はい、お待ちでございます」と応じた。佳奈は頷きを返した。

本堂に入ると、相手方の一同が、揃って恭しく礼をした。佳奈たちも礼を返し、向き合う形で順に座る。

佳奈は向かいに並ぶ人々を、一瞥《いちべつ》した。一番奥が、真砂の方。続いて武岡主水正。その隣は初めて見る顔なので、谷山玄右衛門に違いない。真砂の方の後ろに、この前、この正厳院まで尾けた真砂の方付きの奥女中。確か、徳江《とくえ》という名だ。その脇に、久仁江がいた。双方の供侍は、外の回廊に控えている。

「此度は、お呼び立ていたして相済みませぬ」

まず彩智が言った。

「こちらの正厳院は真砂の方様にゆかりの寺と聞き及び、また効験あらたかとも聞いております。真砂の方様におかれては、初音様の安産と病平癒のご祈願をこちらにてなされておる由、私たちも初音様には格別な厚誼《こうぎ》をいただいておる故、是非、共にこちらで祈願をと、お声がけさせていただいた次第。早々にご快諾いただき、誠に恐れ入りまする」

主水正が、礼を返す。

「奥方様、並びに佳奈姫様には、格別のお心遣い、誠に有難く存じ奉ります。このたびは……」

やはり生真面目な男のようで、主水正の口上は長かった。決着を急ぎたい佳奈は、じりじりしながら聞いた。

「……何卒今後とも、ご交誼のほどよろしくお願いを申し上げます」

やれやれ、終わった。住職が進み出て、彩智の顔を窺う。祈禱を始めて良いか、との問いかけだ。火炉と護摩木は既に用意されている。

佳奈はちらりと彩智を見た。彩智が微かな頷きを返す。続いて監物を窺う。監物は渋面ながら、止め立てはしない、という目をしていた。佳奈は意を決して、口火を切った。

「御祈禱の前に、一つ、はっきりさせておきたきことがございます」

久保田家の一同にとっては、意想外だったようだ。皆の顔に驚きが走った。ただ一人、主水正だけは暗い顔をして俯いた。

「それは……」

真砂の方が問いかけようとする。佳奈は続けた。

「初音様の病について、です。いえ、正しくは病ではありませんね」

主水正は俯いたまま、何も言わない。その様子を見て、谷山が代わって言った。

「は。確かに食あたりでございますれば、病とは言い難きかもしれませぬが……」

「そういうことではありません。食あたりそのものが、仕組まれたことだ、と申しておるのです」

久保田家の面々が、一斉に目を剝いた。

「何と仰せられましたか。仕組まれた、とは」

谷山が眉を吊り上げる。

「あれは、満月堂と申す菓子屋の羊羹のせいかと。現に、市中でもその羊羹で食あたりになった者が何人もいる由、聞いておりますが」

「その食あたりの元は、羊羹ではない。羊羹を買った人の家に忍び入り、水瓶に薬を入れて嘔吐、下痢などを起こさせた者がいるのです。その者は、既に町奉行所に捕らえられ、指図したのが誰か、吐いて……いえ、申し述べております」

「いったい誰が、そのようなことを」

谷山が困惑顔を作って言った。佳奈はせせら笑いを向ける。

「あなたがそれを、言いますか」

谷山の顔色が変わる。

「な、何をおっしゃりたいので」

「広野屋という口入屋の指図です。御家にも出入りしている商人ですね。でも、広野屋がそんなことをしても得るものはない。広野屋と付き合いのある、葛城屋という筆屋から頼まれたのです」

葛城屋の名が出ると、谷山の顔は強張った。が、その後ろで蒼白になった者がいる。佳奈はそちらに向かって言った。

「葛城屋は、久仁江さん、あなたの実家ですね。あなたの本名は、ひさ、でしょう」

これは三日前、葛城屋の前で女房が出てくるのを目にした途端、わかった。女房の顔は、久仁江にそっくりだったのだ。久仁江は目を伏せ、唇をぶるぶると震わせている。佳奈は容赦なく続けた。

「初音様の御膳に薬を盛ったのは、あなたですね。広野屋に頼んで食あたりをでっち上げ、その食あたりがもとで初音様は長患いの挙句、身罷られる。そういう筋書であったのでしょう」

ただ単に初音に毒を盛って殺せば、主水正や真砂の方が忽《たちま》ち疑いを抱き、徹底した調べを命じるはず。それを避けるため、こんな面倒な手立てを考えたのだ。

「何と……」

真砂の方が、青ざめた。

「何故、そのようなことを」

「久仁江さんが、初音様に取って代わるためです」

「取って代わるとは、どういうことなのです。久仁江は侍女なのですよ」

「久仁江さんは、殿様のお子を身籠っています」

真砂の方は、唖然とした。気配すら感じていなかった、という様子だ。

「主水正殿は、ご存じですよね」

佳奈が聞くと、主水正は呻くように「左様にございます」と返答した。

改めて思い返す。初音を見舞った時、自分のつわりが酷く、それを見ていた久仁江まで気分が悪くなった、という話があった。あれは、久仁江が初音に遅れてつわりに見舞われていたのだ。だが久仁江のつわりは初音に比べてだいぶ軽かったので、気付かれずに済んだのだ。

佳奈も、見た目では久仁江が懐妊しているとはわからなかった。久仁江は肉付きがいい方なので、お腹が目立ってくるまでは気取られずに済んだだろう。だが、さすがに御典医として、瑞仙は知っていた。それは洪全に確かめてある。

それにしても、と佳奈は思う。初音が懐妊してほとんど間を置かずに久仁江も懐妊とは、久保田のお殿様は何を考えていたのやら。いや、考えてなどいるまい。初音の懐妊がわかる前に、久仁江に手を付けてしまったのだから。今は国元に帰っているので、この騒動をまだ知りはしまい。

「さて、懐妊そのものはめでたきことであるはずですが」

佳奈は主水正と谷山を交互に見ながら言った。主水正の額には、汗が浮いている。

「そうとも言えなかったのですね」

「ま……誠にもって、お恥ずかしき限り」

主水正は肩を震わせた。

「当家の台所は、かなり苦しくなっております。ご側室を増やすことは、もはや難しく」

その事情は、監物を通じて聞いていた。久保田家は二万両もの借金を抱えており、利払いだけで御家の勘定は回らなくなっていた。殿様はそれを承知しつつも、色好みは抑えられない。と言って、手を付けるたびに側室を増やしていたら、勘定方は堪ったものではない。ここで線を引く必要があった。久仁江が殿様のお子を宿したとしても、側室として養い切れない以上、暇を出すしかない、と主水正は腹を括ったのだ。

「でも、お子はどうするおつもりだったのですか」

「それは……」

主水正は口籠った。言い難いのは当然だろう。代わりに、佳奈が言った。

「子供だけ引き取るつもりだったのですね。特に男子の場合は」

えっ、と真砂の方が顔を引きつらせる。

「子供だけ取り上げて、久仁江を追い出すつもりだったのですか。それは酷過ぎる」

御落胤《ごらくいん》を外に出すわけにはいかない、という事情はわかる。だが、大名家の都合で産みの母をそこまで蔑《ないがし》ろにしていいのか。真砂の方が怒るのも当然だ。

「出自が低い、ということも理由ですか」

佳奈が責めるように言うと、主水正はまた俯いた。葛城屋は、佳奈たちが見て取った通り、さして大きな店ではない上、商いも順調とは言えない。監物が漏らしたように、葛城屋が札差の大店か何かで、娘のために千両でも二千両でも用意できる、というなら話は全然違っただろうが、不幸にしてそうではなかった。

突然、「わあっ」という泣き声が上がった。久仁江が、本堂の床に突っ伏していた。

「そうです。その通りです。子供だけ取り上げるなんて、あんまりです。家へ帰されても、もう嫁にも行けない。どうしろと言うんですか。私は物じゃありません」

泣き続ける久仁江を、真砂の方も主水正も止められなかった。隣の徳江は、ただおろおろして口もきけずにいる。

「久仁江さん、あなたはそのことを誰から聞いたの。お腹が大きくなれば隠してはおけないから、その時までには公のことになったでしょうけど、主水正殿は、今はまだあなたに言い渡していなかったはずよ」

佳奈が言うと、久仁江は泣くのをやめ、はっとして身を起こした。そして、谷山玄右衛門の方を見た。それが答えだ。瑞仙が久仁江の懐妊に気付き、内々で主水正に話す。主水正は久仁江の腹が目立ってくる前に手を打つことにし、谷山にも告げる。だが……。

「このことを、自ら利用した者がいましたね」

佳奈はじろりと谷山を睨む。谷山がたじろいだ。

「それがしが、何を」

「全部言いましょうか。そなたは主水正殿から久仁江さんのことを聞き、これは利用できると思った。久仁江さんが側室に納まれるよう手配りし、自分が後見になる。もし生まれたのが男子であれば、お世継ぎとなる目もある。そうなれば、久仁江さんを追い出そうとした主水正殿より、自分の立場が強くなる。御留守居役の座を奪い、いずれは国元で筆頭家老になる見込みも出てくる。そういう算段でしょう」

谷山は顔を歪め、「そのようなことは」と言った。が、声に力はなかった。佳奈はさらに追い込む。

「そこでそなたは、久仁江さんに囁いた。このままでは追い出されるが、自分が悪いようにはしない、とね。でも、御家の台所事情が苦しいのは確かです。久仁江さんを側室に迎えるには、他の側室を減らすしかない。でないと家中が収まりません。ならば、懐妊している初音様をお腹の子と一緒に除けば、跡目争いの恐れも減り、一石二鳥です。そこで初音様を亡き者にしようという企みが生まれたのです」

これを聞いた真砂の方が、「何と恐ろしい」と袖で顔を覆った。谷山の全身が、小刻みに震え始めた。

「それにしても、食あたりを装うとは手が込んでいましたこと。よく思い付いたと申しますか」

「ち……違う」

谷山から、呻き声が漏れた。佳奈は眉をひそめる。

「何が違うのです」

「食あたりを装うことを考えたのは、葛城屋でござる」

ああ。そういうことか。佳奈は得心した。確かに、これは武家より町人の発想だ。だが、それで谷山の罪が軽くなるわけではない。葛城屋と広野屋に話を持ち掛けたのは、谷山に違いないからだ。

「葛城屋は、娘のためにと懸命になったのでしょう。娘が側室になれば自身の店も栄える、という欲はあったかもしれませんが」

でもそなたは、と佳奈は言う。

「己の野心のみではないですか。さらに許せぬのは、瑞仙殿をも亡き者にしようとしたことじゃ」

真砂の方が、青ざめた。

「あれもその方がやったというのか！」

顔を上げない谷山に代わって、佳奈が「ええ」と答えた。

「そなたたちは、食あたりということで瑞仙殿を誤魔化し切れると思ったのですか。であれば、少々杜撰《ずさん》でしたね」

佳奈は嘲りの笑みを谷山に投げた。

「瑞仙殿は、そなたたちが思うより医術に長《た》けていた。だから、初音様が食あたりではなく、何かを盛られていることに気が付いた。そなたたちは、瑞仙殿が薬に見せかけて毒を盛っている、と疑われるように持って行こうと考えたようですが、そう簡単にはいかない。それに瑞仙殿は、久仁江さんの懐妊も知っている。やはり瑞仙殿は消さねばならぬ。そこで、広野屋に使えそうな浪人者を探させた」

江添の腕は悪くなかったが、一刀のもとに仕留める、というのは余程の技だ。さすがにそれは無理で、とどめを刺さぬうち夜回りに見つかってしまい、逃げざるを得なかった。瑞仙は一命を取り留めたが、家に押し入って改めて始末を、というのは危険過ぎる。これが警告となって瑞仙が口をつぐむ、と期待するしかなかったのだろう。

「そして谷山、そなたは大変なしくじりを犯した。腰に提げた印籠のことを忘れていて、江添という雇った浪人にその紋を見られたのです」

谷山はぎょっとして、思わず腰に手をやった。佳奈に言われるまで、気付いていなかったのだ。

「江添もしたたかで、ちゃんと紋のことを覚えていましたよ。後で強請りの種に使うつもりだったのでしょう。ああいう者を雇う時は、余程心してかからねばなりませんね」

谷山が、縋《すが》るように隣の主水正を見た。

「も……主水正様、これは……」

「観念せい、谷山」

主水正が、吐き捨てるように言った。

「既に石動監物殿を通じ、全て聞いておる。江添なる者、そなたに雇われたことを町奉行所にて自白しおった。このようなことで御家を危機にさらすとは、何たること。もはや逃れる術はないぞ」

谷山は目を見開き、腰を浮かせた。

「愚かな。ここから逃げようとしても、無駄じゃ」

何のためにわざわざこの寺まで出向いたと思っている、と佳奈は谷山に指を突きつけた。

「屋敷にいては、町方が手を出せぬからですよ。祈願と申したは、そなたと久仁江を屋敷から外に出すための方便じゃ」

何と、と谷山がのけぞる。

「し、しかし、ここは寺社奉行支配の……」

「無論、承知じゃ。しかし、寺の敷地の外は町奉行支配。周りはもう捕り方に囲まれておる。一歩外に出た途端、そなたと久仁江に縄をかける手筈《てはず》ができておるのじゃ」

「町方が！　しかしこのことは、家中の始末。町方の手は……」

「黙れ谷山！」

主水正が一喝した。

「食あたりを装うがために、何の関わりもない江戸の町人に害を与え、うち一人を死に至らしめたのじゃぞ。町奉行支配地でこのような罪を犯せば、いかなる家中の者であろうと御定法に従い、捕縛されることぐらい存じおろうが！」

「し、しかし」

谷山は必死の形相で言った。

「それがしが町方に捕らわれ、事が表沙汰になれば、御家が」

「何だと！　おのれは、御家を質に取るような物言いをするか。この痴《し》れ者めが！」

激昂した主水正は、刀の柄に手を掛けた。そこへ、鋭い声が飛んだ。

「待ちゃれ、主水正」

真砂の方が膝立ちになり、二人を睨んでいた。

「仏前ぞ。控えぬか」

寺の本堂で、しかも佳奈たちの前であることを思い出したか、主水正は真っ赤な顔で「ご無礼いたしました」と座り直した。

へたり込んでいる谷山を尻目に、真砂の方は佳奈たちに向かって深々と頭を下げた。

「当家の者の情けなき所業、恥じ入るばかりにございます。彩智様、佳奈姫様、このような申し様は却って失礼かもしれませぬが、誠にもってお見事なご洞察、恐懼《きょうく》いたしております」

主水正も床に額を擦りつけんばかりにする。

「此度のこと、江戸留守居役としてのそれがしの不行届き。内膳正様ご家中御一同にまでこのようなお世話をおかけし、申し訳の次第もございませぬ。我が殿には、この腹かき切ってでもお詫びいたす所存にございまする」

まさか本当に切腹はしないだろうが、責任を痛感しているのは伝わった。おそらくは、後始末が終われば役を退き、隠居するだろう。

傍らで、谷山の呻き声がした。見ると、谷山は回廊から踏み込んだ久保田家の供侍たちに両側から腕を押さえられていた。主水正が体を起こし、害虫を見るような目付きで谷山を睨むと、「連れ出せ」と命じた。久保田家の侍たちが谷山と久仁江を立たせ、引き摺るように本堂から連れ出して山門へと向かった。

佳奈は立ち上がり、その後を追った。引き渡しを見届けるつもりだ。隆之介と牧瀬家の供侍が二人、さっと後ろに付く。監物も、止めようとはしなかった。

山門の外では、萩原が待っていた。捕り方十数人を従えている。もう一人、袴姿の役人が加わっており、佳奈を見ると一礼した。大名家の上士を捕らえる、ということで、町奉行の指図で与力が出張ったのだろう。

引き出された谷山と久仁江に、萩原が縄をかけた。そのまま市中を連れ回すのは憚《はばか》られるとの配慮か、駕籠が用意されていて、二人はそれぞれ、駕籠に押し込まれた。久仁江は立つのがやっと、という有様で、魂が抜けてしまったかのようだ。佳奈はさすがに気の毒になった。元はと言えば、久保田家が久仁江を踏みつけにするような仕打ちをしたせいだ。久仁江自身は、もともとは悪事を企むような女ではなかったはずだ。お腹の子に障らねばいいが、と佳奈は心配した。

「姫様、此度はどうも、お世話になりました。いや、こういう言い方は無礼ですかね」

萩原が近寄ってきて、言った。

「しかし、おかげで助かりました。こんな形であの連中を屋敷から引っ張り出して下さるとはね。無礼ついでに申し上げれば、大名家の姫様にしておくにはもったいないお働きで」

どういう意味ですか、と佳奈は苦笑を返す。

「それより萩原殿。重ねて申しますが、このことで久保田家が重い責めを負わされぬよう、よろしくご配慮願いますよ」

はい、と萩原は頷いてから、言った。

「初音様のことを、気遣っておいでなのですね」

ええ、と佳奈は認めた。初音は危うく命を落とすところだったのだが、自分が要となる形でこの騒動が起きてしまい、信頼していた久仁江にも裏切られたことで、大いに心を痛めるに違いない。さらにそのせいで、久保田家に厳しい処分が下されたりしたら、嘆きはさらに深まるだろう。

「正直、お任せを、と胸を叩くってわけにもいきませんが、できるだけのことはやります」

よろしく頼みます、と佳奈はもう一度言った。萩原はいつになく丁重に頭を下げると、「ではこれで失礼を」と告げた。駕籠が担ぎ上げられ、捕り方一同は静かに去って行った。

「大丈夫でしょうかな」

傍らに立った監物が、言った。

「久保田家に配慮すると申しましても、あの萩原は一介の同心。そのような力があるとも思えませんが」

「さあ、それは」

佳奈もそこは気になっていた。だが、萩原ができるだけのことはする、と言う以上、信用して任せる他はない。

「佳奈姫様」

いつの間にか、真砂の方も門まで出て来ていた。はい、と振り返る。

「初音殿のことは、この私がきっとお守りいたします。どうかご案じなきよう」

真砂の方は、安堵させるように微笑んだ。思えば、真砂の方が微笑むのは初めて見たように思う。やはり心根は優しいお人なのだ、と佳奈は改めて思った。

彩智が近付いて来て、言った。

「ご住職が、これより改めて御祈禱をして下さるそうです。参りましょう」

皆は頷き合い、揃って本堂へと戻って行った。

十四

谷山と久仁江が捕縛された次の日。彩智と佳奈は、穏やかな日差しが降り注ぐ庭を眺めつつ、座敷に座っていた。その前には高坏に載せられた小ぶりな饅頭が置かれていたが、満月堂ではなく鯉屋山城のものだ。満月堂は食あたりの疑いが晴れて商いを再開していたものの、牧瀬家ではまだ出入りを許していない。佳奈たちのしたことを、おそらく全ては聞かされていないだろうが、いずれ近いうち、最高の新作を携えて礼に来るものと二人は期待していた。

「それにしても、昨日は疲れましたねえ」

彩智が嘆息するように言う。

「久仁江さんには、どういうお裁きが下るのでしょうか」

佳奈はそこが気になった。大名家の奥女中とはいえ、町方の娘である。初音の膳に薬を盛ったのは確かだが、それは久保田家の屋敷内でのことであり、町方では何もしていない。とはいえ、市之屋の嘉兵衛が死んだことに責めがある、と見《み》做《な》されれば、死罪もあり得た。

「難しいところでしょうね、それは」

事情は汲むとしても、やはり初音を殺そうとしたことを、彩智は許せないようだ。佳奈は複雑な思いで茶を啜った。

「母上、姉上、失礼いたします」

襖の向こうから、声がした。おや、と佳奈は襖の方に目を向ける。弟で嫡男の、正太郎だ。

「お入りなさい」

彩智が返事した。すうっと襖が開き、正太郎が前髪の頭を下げる。

「母上も姉上も、ご機嫌麗しく、祝着《しゅうちゃく》至極《しごく》に存じます」

何を堅苦しいことを、と佳奈は笑いそうになった。

「しばらく顔を見せませんでしたね」

正太郎は、彩智や佳奈のところにはさほど来ない。専《もっぱ》ら学問や武芸の殿様修行に励んでいる、ということで、それはいいのだが。

「伺いましても、お出かけのことが多いので」

正太郎は、少しばかりあてこするような言い方をした。

「あ、ああ、そうでしたかしらね」

彩智はちょっとうろたえ気味になった。正太郎は、どこまで知っているのだろう。

「学問は、進んでいますか」

「ご案じなく。進んでおります」

正太郎は、いなすように言った。まだ十二歳で、整った顔立ちには愛らしさが見えるが、利発なだけに少々大人びた物言いをする。

「それより、ここしばらく、随分とご活躍だったそうで」

彩智と佳奈は、同時にぎくりとした。

「いえその、何度か出かけましたけど、大したことはしておりませんよ」

「久保田家で起きた変事を暴き、罪人二人を捕らえ、初音様のお命を救ったのでしょう。これは大したことではないんですか？」

彩智と佳奈は、揃ってあんぐりと口を開けた。

「だっ、誰から聞いたのですか」

正太郎は、ニヤッとした。

「橘野からです」

ええっ、と佳奈たちは仰天する。

「橘野が全部？」

正太郎は堪《こら》えきれない、とばかりに吹き出した。最初の堅苦しさはわざとだったらしく、すっかり消えている。

「母上も姉上も、あんな難しい悪事を見抜く目をお持ちなのに、足元のことは全然見えてないんですねえ。隆之介が付いているとはいえ、あれだけ度々、好きに屋敷を脱け出して、奥の誰にも咎められない、なんてこと、あるはずないでしょう」

「じゃあ……橘野が承知の上で、私たちを行かせていた、というの」

「そうですよ。お二人がこっそり出かけても騒ぎにならないよう、橘野がちゃんと収めているんです。橘野はあんな仏頂面《ぶっちょうづら》で、私も時々怖いんですけど、誰よりも母上と姉上の味方なんですから。知りませんでした？」

佳奈は、ばつの悪さで顔が熱くなった。

「正直、知らなかった」

「橘野に悪いですよ。そのうち、謝ってあげて下さい。いや、それは余計かなぁ」

正太郎は首を傾げて見せた。そういう仕草は、大変可愛らしいのだが、言っていることは全然可愛くない。

「もしかすると橘野は、心の内で母上と姉上と一緒に動きたい、と思って憧れているのかもしれませんよ。自分も悪党相手に、母上みたいにこう刀を振るって、やァっと成敗……」

正太郎が両手を上げて、刀を振る真似をする。彩智は真っ赤になった。

「やめてやめて！　もうわかったから」

「はいはい。でも橘野はともかく、今度何かあったら私も連れてって下さいよ。学問と言って論語のような本ばかり読んでも、世の中のことはわかりません。だから姉上みたいに……」

「駄目駄目駄目駄目ぇッ！」

佳奈は飛び上がりそうになった。

「牧瀬家の嫡男がそんなことをするなんて、とんでもない」

「はあ。姉上はとんでもないことをやっていると、ご自分でも思われるのですね」

「揚げ足取りはよしてッ」

佳奈が眉を吊り上げると、正太郎は笑って手を振った。

「冗談ですってば。私はそんな無茶、しませんし。でも、また今度みたいなことがあったら、是非詳しくお話を聞かせて下さいね」

正太郎は手を伸ばして、佳奈の前にあった饅頭を一つつまんで口に放り込むと、きっとですよ、と言い置いて、笑いを消さぬまま出て行った。佳奈は、ふうっと大きな息を吐く。

「十二にしてあの人の悪さ。きっといい殿様になるでしょうね」

彩智が、ほほほと笑った。

「殿にだいぶ似てきたわ。今度のことだって、殿のお耳に入れば、きっと大笑いされて、それはよくやった、と仰せになるに違いありません」

そうかも、と佳奈も思った。父上はしっかりした殿様だが、型破りなことを喜ぶ傾向がある。だからこそ、母上と私の剣術修行も、応援してくれているのだ。

「それにしても、正太郎といい橘野といい、我が家の者たちが一筋縄ではいかない者ばかりなのは、どうしてでしょうね」

彩智が肩を竦めるようにして佳奈を見た。いえ母上、それは私たちが言えた義理ではありませんけどね。

それから二日ばかり、何事もなく過ぎた。谷山と久仁江がどうなったか、特に知らせはなかった。奉行所として牧瀬家に通知する筋合いはないだろうが、萩原からも何も言ってこない。久保田家に処分が為されるのかどうか、そこが気になって仕方がないのだが。

監物にそれを言うと、逆に苦言を呈された。

「それより、此度のことで当家にも火の粉が降りかからぬか、心配です」

「どうして。私たちは、悪事に一切関わりないでしょう」

「いえ、本来、奉行所ないしは御老中、大目付が為されるべきところ、あれこれ勝手に入り込んで動き回ったのです。これは、一大名家の者として過ぎたること。咎人を召し捕るのに功があったとはいえ、お叱りを受けてもおかしくはございません」

監物はそれをずっと気にしているようだ。そう言われると、佳奈も少し心配になってくる。

だが、彩智は全然、屈託がなかった。

「監物らしいわ。でも要らぬ心配でしょう。私たちは何も悪いことはしていないのだから、堂々としていればいいのよ」

そんな彩智を見ていると、佳奈も気持ちが落ち着く。安堵して、先ほど橋野が置いて行った茶を啜った。そう言えば、橋野にはまだ改めて礼を言っていなかった。でも、どう言えばいいのかわからない。却って気恥ずかしい……。

一度退出した監物が、慌てた様子で戻って来た。

「おや、どうしたのです」

彩智が驚いて尋ねると、監物は息も荒く告げた。

「申し上げます。只今、北町奉行遠山左衛門尉《とおやまさえもんのじよう》様がお見えになりまして、奥方様と姫様に御目通りを、と申されております」

佳奈は飲みかけた茶を噴いた。

「急なことにも拘わらず、御目通りをお許しいただきまして恐れ入ります」

客間に通され、彩智と佳奈に対座した遠山左衛門尉景元《かげもと》は、控え目に挨拶した。歳は五十に近いはずだが、若い頃には相当暴れた、という噂は佳奈も耳にしている。眼差しは穏やかであるものの、その奥には何物も見逃さない、という厳しい光が垣間見えた。

世に聞こえた名奉行を前にした佳奈は、つい居心地の悪さを感じて身じろぎした。監物の言葉もあり、自分たちの行いに苦情を述べに来たのでは、と勘繰ったのだ。

「お噂はかねがね、伺っております。本日はどのようなご用でしょう」

されば、と遠山は切り出した。

「先日は、久保田家に端を発する一件につき、多大なるお力添えを頂戴いたしました。まずは御礼を申し上げます」

正面から礼を言われ、彩智も佳奈も一瞬、返す言葉に迷った。

「は。余計な手出しをいたし、却って御迷惑をおかけしたのではないかと、恐縮しておりました」

彩智が無難に言った。何の、と遠山は返す。

「誠にもって見事なお働き。奉行所の者も、皆、舌を巻いておりました」

「そのような。お恥ずかしい限りです」

褒められるとは思わなかったので、彩智も佳奈も赤くなった。

「久保田家への処断につきましては、何かとご心配ではと拝察いたしまするが」

あ、と佳奈は思い至った。遠山は、そのことを告げに来たのではないか。

「やはり町方に死人まで出た、ということで、何もなし、というわけには参りませぬ」

佳奈は身が強張るのを感じた。では、厳しい処断となるのか。

「何故このようなことに相成ったか。それは久保田家の奥向きの話故、我ら町方にはなかなか窺い知れぬところがございました。そのような折、奥方様と姫様が何やらお調べ、と聞き及びましてな。これはと思い、萩原にお二方をお助け参らせるよう、申し付けました次第」

うわ、と佳奈は天井を仰ぎかけた。そうだったのか。大名屋敷の中には手を出せないので、佳奈たちに任せるようなことを萩原が隆之介に言ったのは、遠山の意向だったのだ。人の悪いのが、ここにまたもう一人。

「おかげさまをもちまして、この一件、落着いたしました。しかれども、久保田家に災いなきことを願うお気持ちもわかります」

遠山はそこで一旦言葉を切り、苦い顔になった。

「さてその一方、此度のこと、大元をただせば、奢侈の禁令を上下まで厳しくしたことにもあるのでは、と」

おや、と佳奈は首を傾げた。確かに、今の老中首座、水野越前守忠邦《みずのえちぜんのかみただくに》がその役に就いてから、奢侈については特に厳しくなっている。町人の楽しむ芝居や戯作本にまで、縛りがかかるという話で、巷《ちまた》では不満が渦巻いていると、佳奈も承知していた。久保田家が側室を増やすまいとしたのは、台所事情によるものと解していたが、奢侈の禁令を守らねば老中に睨まれる、という恐れもあったのだろうか。

そこを確かめてみると、遠山は否定しなかった。

「そういうこともありましょう。それ故、この一件をあまり大ごとにするのは上策とは申せませぬ」

佳奈は眉を上げた。遠山の言いたいことが、どうにかわかった。これは、政《まつりごと》の駆引きなのだ。奢侈の禁令を徹底させるため、余計な波風は立てぬが良い。遠山は上の方にそう持ちかけたのだ。

いや、とさらに佳奈は考える。もしかすると、奢侈の禁令を押し付け過ぎると、このような問題が次々出てくる、と警鐘を鳴らしたのでは。深読みすれば、遠山はこの禁令のやり方に賛同していないのかもしれない。萩原は遠山の意向を、承知していたのだろうか……。

「それら様々な事情を勘案し、久保田家には上様より厳しくお叱りを頂戴する、というところで落ち着きそうです。備中守様には、謹慎いただくことになりますな。首謀者のみは、久保田家とも相談の上、切腹と相成りましょう」

「まあ……それは良うございました。初音様も、安堵なさるでしょう」

減封も移封も、なし。谷山の切腹と当主の謹慎のみで収めてもらえるなら、久保田家としてはこれ以上ない決着だろう。彩智は遠山の腹の内を探る様子もなく、素直に喜んでいる。

「ただ一つ、お二方に申し上げておきたき儀が」

遠山が口調を変えた。佳奈は思わず身構えた。やはり叱責されるか。

「此度はまず、うまく運びましたが、このような動き方をなさる時は、充分にご注意されますよう。お二方のお噂は、決して表には出ぬものの、あちらこちらで囁かれ始めております。中には、これを良しとせぬ者もおりますので」

遠山は声を落として、付け加えた。

「特に、南町の鳥居甲斐守《とりいかいのかみ》殿には、お気を付けなさるがよろしいかと」

佳奈は、微かに悪寒のようなものを感じた。鳥居耀蔵《ようぞう》こと鳥居甲斐守忠耀《ただてる》は、年末に南町奉行に就任して以来、その陰湿なやり口で江戸中から嫌われている。あちこちに密偵を放ち、奢侈の禁令に触れる者を次々に捕らえて回っているのだ。奢侈の禁令はこれまで何度も出されているが、大概はすぐ骨抜きになり、害は少なかった。だが鳥居のおかげで、そうは言えなくなったのである。あの男なら、密偵によって佳奈たちのことを詳しく摑んでいるに違いない。しかも鳥居のような者の目には、佳奈たちは邪魔者と映るかもしれない。

「お言葉かたじけなく存じます。肝に銘じておきます」

彩智と佳奈は、どうやら自分たちの味方らしい遠山に向かって、丁寧に礼を述べた。

さらに何日か後、彩智と佳奈は初音を見舞った。本当はもっと早く来たかったが、久保田家への処分がまだ正式に決まらず、久仁江のことでも心に傷を負っているだろう、と考え、落ち着くまで控えていたのである。

「まあ彩智様、佳奈様。よく来て下さいました」

二人の顔を見るなり、初音はぱっと顔を輝かせた。初音は褥《しとね》を出て打掛を羽織り、座布団に座っていた。この前と比べると、格段に血色が良く、肌に艶も出ている。ようやく薬が効いて、回復しているのだ。お腹も、目に見えて大きくなっていた。

「すっかりお元気になられましたね。見違えるようです」

彩智が微笑みを向ける。

「洪全殿が、よくしてくれています」

初音が言った。瑞仙は意識も戻り、体を起こせるところまできたが、医師としての仕事に戻るのは難しいらしい。それで洪全が正式に跡目を継ぐことになり、既に御典医として久保田家にも伺候《しこう》していた。

「まだ粥ばかりですが、もう少しすれば、菓子も食べられるようです」

羊羹の食あたりではないとはっきりして、また菓子が恋しくなっているようだ。

「久しぶりに、満月堂の羊羹を、と思ったのですが、さすがにそれは許してもらえなくて」

それはまあ、そうだろう。疑いが晴れたと言っても、気にする者はいる。

「満月堂から先日、新作のお饅頭が届きました。鳥の形をしていて、色が何種もあるの」

彩智が言うと、初音はいかにも食べたそうに眉尻を下げた。

「今しばらくの、辛抱ですね」

そう言ってから初音は、笑みを消して真顔になり、畳に両手をついた。

「此度は、本当にありがとうございました。私もお腹の子も無事永らえることができ、御家もどうにか救われました。この御恩、生涯忘れませぬ」

そんな大袈裟に言わないで下さい、と彩智は笑う。

「出しゃばり過ぎて、あちらこちらで叱られました」

佳奈が言うと、初音は「ご迷惑をおかけしました」と恐縮した。それから、急に暗い顔になる。

「久仁江のこと、今でも信じられません」

佳奈は、はっと頭を垂れる。初音にとっては、最も身近で親しんだ相手なのだ。その相手に殺されかけるとは、思いもしなかっただろう。

「それでも……自らと自らの子を守ろうとした気持ちは、わかります」

初音は俯き、自分の腹を愛おしげに撫でた。

「同じ立場であれば、私も同じことをしたかもしれません」

それは違う、と佳奈は胸の内で言った。同じ立場になっても、初音が人を殺《あや》めてもいいという考えに至るとは、どうしても思えなかった。が、それは口には出さなかった。

「久仁江さんがどうなったか、聞きましたか」

少し躊躇ってから、彩智が聞いた。初音が頷く。

「追放、となるそうですね。お母上と共に」

佳奈たちにもそのことは、萩原を通じて遠山から伝えられていた。葛城屋と広野屋、半吉郎、江添についてはまだ詮議中だが、獄門か死罪でほぼ間違いなかろう。久仁江も本来であれば、出産を待って死罪とされてもおかしくないのだが、様々な事情からそれは免れた。久保田家の屋敷内でのことは町奉行所の裁きの対象とならず、江戸十里四方払という極めて軽い刑で済むという。早々に幕引きを図った、ということだろう。谷山は数日前に切腹しているが、初音はそれに触れようとはしなかった。

「お子は、やはり御屋敷に？」

佳奈が聞くと、初音はそうだと答えた。

「産まれ次第引き取り、真砂の方が養育なさいます」

結局、初めに決められた通りになってしまいました、と初音はどこか哀し気に言った。仕方あるまい。子を久保田家の胤《たね》とは認めず久仁江の元に置けば、御落胤だと嗅ぎ付けた有象無象が寄ってくる。将来、家中でこれを利用しようとする者が出るかもしれない。引き取って屋敷に置くしかないのだ。さもなければ……

それは、考えたくはない。

何となく、気配が重くなってしまった。それを察したように、彩智が殊更《ことさら》明るい声で言った。

「そうだ。お加減が良くなったら、また芝居見物に行きましょう。市村座《いちむらざ》がいいかしらね」

え、と佳奈は眉根を寄せた。遠山の話が、頭に響く。

「夏に團十郎《だんじゆうろう》が追放になりましたのに。芝居への締め付けも、厳しくなっているのではありませんか」

「だからこそ、楽しめるうちに楽しまなきゃいけないでしょう」

彩智は、あっけらかんと言った。

「大丈夫。楽しもう、っていう人の性は、いつまでも抑えつけられるものじゃないの。きっと禁令も、長続きはしないわ」

遠山様は、そういう話が鳥居の耳に入らぬよう釘を刺していたのに、と佳奈は言いそうになった。だが、初音の顔が明るくなったのを見て、余計なことを口にするのはやめた。そう、結局は母上の言う通りかもしれない。

同じ頃、牧瀬家の屋敷では、相変わらず渋い顔の監物が隆之介と向き合っていた。

「久保田家のこと、ほぼ決着がついたようだな」

監物が胃の辺りをさすりながら言った。今日も、心配事で胃の調子は良くないようだ。もっと肩の力を抜いて、ある程度成り行きに任せれば、と隆之介は思うが、監物の性分では無理だろう。

「はい。思ったよりは大事に至らず、良うございました」

うむ、と監物は頷いたが、顔つきはやはり難しいままだ。

「此度は遠山様のご配慮もあり、当家は何も言われることはなかった。だが、いつもいつもそうだとは限らぬぞ」

はあ、と隆之介は当惑気味の返事をする。

「また、このようなことがあるとお考えですか」

「必ずある、とは言わぬ。だが、奥方様も姫様も、あのようなお方じゃ。加えて、それをお止めすべき橘野が奥方様らの味方についておる。これは由々しきことと思わぬか」

「由々しきこと……でございますか」

正直、それほどとは思わない。しかし人一倍心配性の監物は、全く安心できないようだ。

「奥方様や姫様が、罪に問われるようなことをなさるとは、思えませぬが」

「当たり前じゃ！」

監物は脇息を叩いた。隆之介は首を竦める。

「罪を犯さぬから良い、というものではない。大名家の奥方様、姫様として、あまりに奇矯《ききょう》なお振舞い、と思われれば、それだけで難事じゃ。遠山様からも、釘を刺されておろう」

「は……南町奉行、鳥居甲斐守様のことでしょうか」

それよ、と監物は言う。

「このような時勢じゃ。御老中水野越前守様の締め付けは、ますます厳しゅうなる。甲斐守様は越前守様の忠実なる腹心。我らもどこで目を付けられるか、わかったものではない」

そこで監物は、声を潜めた。

「殿は、口にこそお出しにならぬが、此度の水野様のご改革には、賛同されておらぬご様子であるしな」

隆之介は、ぎくっとした。それは知らなかった。だが、鳥居や水野越前守の知るところとなれば、確実に牧瀬家は睨まれる。腹を探られるような行いは、慎まねばならない、ということだ。

「はい、誠に難しい時勢で」

隆之介にも、監物が次に何を言おうとしているのか、次第にわかってきた。これは……。

「そこでじゃ。奥方様と姫様が出歩くのを止められぬ以上、以後もその方がぴたりと従い、お二方があらぬ方へ走り出さぬよう、厳しく手綱を締めよ」

「あの、いつぞやも全く同じお指図を承りましたが」

「わかっておる。それを、この先永劫、続けよと申しておる」

「え、ずっとこのまま、でございますか」

本来の近習としての役目は二の次に、奥方様と姫様が此度のような動きを今後もすることがあれば、鳥居などの目を引かぬよう、その都度うまく収めよ、というのか。

「それがしには荷が重過ぎると存じます。奥方様と姫様を抑えるのは、それがし如きでは」

「その方しかおらぬ。その方は奥方様と姫様に気に入られておる。その方の言うことなら、他の者より聞いてくれるに違いない」

隆之介は、顔が熱くなるのを覚えた。姫様が、自分を気に入って下さっている？　まさか姫様が、自分を好いて……。

思わず白日夢を見そうになり、慌てて首をぶんぶんと振る。どうしたと訝しむ監物に、何でもありませぬと答えたが、赤面しているのが自分でもわかった。

「とにかく、御家のためじゃ。苦労をかけるかもしれぬが、断ることは許さぬ。しかと、頼んだぞ」

「は……承知いたしました」

佳奈姫の美しい笑顔に頭の大半を占領されたまま、隆之介は謹んで平伏した。

監物の部屋を退出し、しばらくして頭が冷えると、隆之介はその冷えた頭を抱えた。奥方様と姫様の手綱を締めよ？　無理だ。これはこの先ずっと、お二人に振り回され続けるということだ。いったいどうすればいい。

だが、一縷《いちる》の望みもある、と隆之介は縋るように思った。もし姫様をお助けすることができ、自分を頼りにしてもらえれば、少しは言うことを聞いてもらえるのではないか。そして姫様に……。

いや、いったい何をもってお助けしようと？　自分より五つも年下なのに、剣の腕も頭の働きも、姫様の方がずっと上なのだ。せめてもう少し、ましな頭に生まれついていれば……。

隆之介はひと月分くらいの大きさの溜息をついた。何をうじうじと。自分は侍だぞ。力が及ばなければ及ぶように精進し、全力で務める。それで姫様に認めていただく。これしかない。

隆之介はそう誓うと、よし、と気合を入れた。が、決意とは裏腹に、頭に浮かんだのは「前途多難」の四文字であった。

この作品は双葉文庫のために書き下ろされました。

双葉文庫

や-39-02

奥様姫様捕物綴り《おくさまひめさまとりものつづ》 (一)

甘《あま》いものには棘《とげ》がある

2024年7月13日　第1刷発行
2024年8月 8 日　第2刷発行

【著者】
山本巧次《やまもとこうじ》

【発行者】
箕浦克史
【発行所】
株式会社双葉社
〒162-8540 東京都新宿区東五軒町3番28号
［電話］03-5261-4818(営業部)　03-5261-4868(編集部)
www.futabasha.co.jp(双葉社の書籍・コミックが買えます)
【印刷所】
中央精版印刷株式会社
【製本所】
中央精版印刷株式会社

【フォーマット・デザイン】
日下潤一

ISBN978-4-575-67206-0 C0193
Printed in Japan

井原忠政　三河雑兵心得　足軽仁義　戦国時代小説〈書き下ろし〉

苦労人、家康の天下統一の陰で、もっと苦労した男たちがいた！　村を飛び出した十七歳の茂兵衛は松平家康に仕えることになるが……。

井原忠政　三河雑兵心得　旗指足軽仁義　戦国時代小説〈書き下ろし〉

三河を平定し、戦国大名としての地歩を固めた家康。猛将・本多忠勝の麾下で修羅場をくぐる茂兵衛は武士として成長していく。

井原忠政　三河雑兵心得　足軽小頭仁義　戦国時代小説〈書き下ろし〉

迫りくる武田信玄との戦い。家康生涯最大のピンチ、三方ヶ原の戦いが幕を開ける。怯むな茂兵衛、ここが正念場！　シリーズ第三弾。

井原忠政　三河雑兵心得　弓組寄騎仁義　戦国時代小説〈書き下ろし〉

大敗から一年、再び武田が攻めてきた。決戦の地は長篠。ついに、最強の敵と雌雄を決する時が迫る。それ行け茂兵衛、武田へ倍返しだ！

井原忠政　三河雑兵心得　砦番仁義　戦国時代小説〈書き下ろし〉

武田軍の補給路の寸断を命じられた茂兵衛は、森に籠って荷駄隊への襲撃を指揮することに。戦国足軽出世物語、第五弾！

井原忠政　三河雑兵心得　鉄砲大将仁義　戦国時代小説〈書き下ろし〉

信長の号令一下、甲州征伐が始まった。徳川に寝返った穴山梅雪の妻子を脱出させるため、茂兵衛は武田の本国・甲斐に潜入するが……。

井原忠政　三河雑兵心得　伊賀越仁義　戦国時代小説〈書き下ろし〉

信長、本能寺に死す！　敵中突破をはかる家康一行の殿軍についた茂兵衛、伊賀路を越えられるのか!?　大人気シリーズ第七弾！

風野真知雄　わるじい秘剣帖（一）　じいじだよ　長編時代小説〈書き下ろし〉

元目付の愛坂桃太郎は、不肖の息子が芸者につくらせた外孫・桃子と偶然出会い、その可愛さにめろめろに。待望の新シリーズ始動！

風野真知雄　わるじい秘剣帖（二）　ねんねしな　長編時代小説〈書き下ろし〉

孫の桃子と母親の珠子が住む長屋に越してきた愛坂桃太郎。いよいよ孫の可愛さにでれでれの毎日だが、またもや奇妙な事件が起こり……。

風野真知雄　わるじい秘剣帖（三）　しっこかい　長編時代小説〈書き下ろし〉

「越後屋」への嫌がらせの解決に協力することになった愛坂桃太郎は、今日も孫を背中におぶり事件の謎解きに奔走する。シリーズ第三弾！

風野真知雄　わるじい秘剣帖（四）　ないないば　長編時代小説〈書き下ろし〉

「越後屋」に脅迫状が届く。差出人はこれまでの嫌がらせの張本人で、店前で殺された男とも深い関係だったようだ。人気シリーズ第四弾！

風野真知雄　わるじい秘剣帖（五）　なかないで　長編時代小説〈書き下ろし〉

桃子との関係が叔父の森田利八郎にばれてしまった愛坂桃太郎。事態を危惧した桃太郎は一計を案じ、利八郎を何とか丸めこもうとする。

風野真知雄　わるじい秘剣帖（六）　おったまげ　長編時代小説〈書き下ろし〉

越後屋への数々の嫌がらせを終わらせることに成功した愛坂桃太郎だが、今度は桃子の母親・珠子に危難が迫る。大人気シリーズ第六弾！

風野真知雄　わるじい秘剣帖（七）　やっこらせ　長編時代小説〈書き下ろし〉

「かわうそ長屋」に犬連れの家族が引っ越してきたが、なぜか犬の方が人間よりいいものを食べている。どうしてそんなことを……？

金子成人
ごんげん長屋つれづれ帖【一】長編時代小説
かみなりお勝
〈書き下ろし〉
根津権現門前町の裏店を舞台に、長屋の人情や親子の情をたっぷり描く、くすりと笑えてほろりと泣ける傑作人情シリーズ、注目の第一弾！

金子成人
ごんげん長屋つれづれ帖【二】長編時代小説
ゆく年に
〈書き下ろし〉
長屋の住人で、身重のおたかが倒れてしまった。周囲の世話でなんとか快方に向かうが、亭主の国松は意外な決断を下す。落涙必至の第二弾！

金子成人
ごんげん長屋つれづれ帖【三】長編時代小説
望郷の譜《ふ》
〈書き下ろし〉
長屋の住人たちを温かく見守る彦次郎とおよしの夫婦。穏やかな笑顔の裏には、哀しい過去が秘められていた。傑作人情シリーズ第三弾！

金子成人
ごんげん長屋つれづれ帖【四】長編時代小説
迎《むか》え提灯《ちょうちん》
〈書き下ろし〉
お勝の下の娘お妙は、旗本の姫様だった!? 我が子に持ち上がった思いもよらぬ話に、お勝の心はかき乱されて——。人気シリーズ第四弾！

金子成人
ごんげん長屋つれづれ帖【五】長編時代小説
池畔《ちはん》の子
〈書き下ろし〉
お勝たちの向かいに住まう青物売りのお六の、とある奇妙な行為。その裏には、お六の背負う哀しい真実があった。大人気シリーズ第五弾！

金子成人
ごんげん長屋つれづれ帖【六】長編時代小説
菩薩《ぼさつ》の顔
〈書き下ろし〉
二十六夜待ちの夜空に現れた、勢至菩薩様のお姿。ありがたい出来事の陰には、遠き日の悲しい恋の物語があった。大人気シリーズ第六弾！

金子成人
ごんげん長屋つれづれ帖【七】長編時代小説
ゆめのはなし
〈書き下ろし〉
貸本屋の与之吉が貸していた本に記された『たすけて』の文字。この出来事が、思わぬ出会いを運んできて——。大人気シリーズ第七弾！

小杉健治
蘭方医・宇津木新吾
誤診
長編時代小説〈書き下ろし〉

見習い蘭方医・宇津木新吾は、町医者・村松幻宗の真摯な人柄と見事な施療術に傾倒していくのだが……。青春時代小説、シリーズ第一弾!!

小杉健治
蘭方医・宇津木新吾
潜伏
長編時代小説〈書き下ろし〉

深手を負った七人殺しの下手人を匿い、施療をした幻宗。ところが、看護をしていた夫婦が惨殺され、下手人の姿が消えた!

小杉健治
蘭方医・宇津木新吾
奸計
長編時代小説〈書き下ろし〉

新吾は、男の火傷が刺青を消した痕のように思えた。男を密かにつけ狙う岡っ引き。はたしてその正体は!? 好評シリーズ第三弾!

小杉健治
蘭方医・宇津木新吾
別離
長編時代小説〈書き下ろし〉

シーボルト事件で上島漠泉は表御番医師の座を追われ、香保も新吾のもとを去っていった。募る香保への思いに苦しむ新吾だったが……。

小杉健治
蘭方医・宇津木新吾
魔障
長編時代小説〈書き下ろし〉

原因不明の奇病が相次ぐが、鬼仙院と名のる修験者の祈禱で患者たちは回復した。新吾らは何らかの毒薬と解毒剤が使われたと睨むが……。

小杉健治
蘭方医・宇津木新吾
刀傷
長編時代小説〈書き下ろし〉

手負いの侍の命を救った幻宗、新吾に刺客が迫る! 侍の正体と命を狙う理由を探るうち、新吾は意外な真実へと辿りつくのだった……。

小杉健治
蘭方医・宇津木新吾
売笑《ばいしょう》
長編時代小説〈書き下ろし〉

香保を妻に娶り、松江藩お抱え医師として新たな一歩を踏み出した新吾だったが、松江藩がなぜ自分を必要なのか疑念を抱いたままだった。

坂岡真

はぐれ又兵衛例繰控《れいくりびかえ》【一】

駆込み女

長編時代小説〈書き下ろし〉

南町の内勤与力、天下無双の影裁き！「はぐれ」と呼ばれる例繰方与力が頼れる相棒と悪党退治に乗りだす。令和最強の新シリーズ開幕！

坂岡真

はぐれ又兵衛例繰控《れいくりびかえ》【二】

鯖断《さばだ》ち

長編時代小説〈書き下ろし〉

長元坊に老婆殺しの疑いが掛かった。南町の協力を得られぬなか、窮地の友を救うべく奔走する又兵衛のまえに、大きな壁が立ちはだかる。

坂岡真

はぐれ又兵衛例繰控《れいくりびかえ》【三】

目白鮫《めじろざめ》

長編時代小説〈書き下ろし〉

前夫との再会を機に姿を消した妻静香。捕縛した盗賊の疑惑の牢破り。すべての因縁に決着をつけるべく、又兵衛が決死の闘いに挑む。

坂岡真

はぐれ又兵衛例繰控《れいくりびかえ》【四】

密命にあらず

長編時代小説〈書き下ろし〉

非業の死を遂げた父の事件の陰には思わぬ事実が隠されていた。父から受け継いだ宝刀和泉守兼定と矜持を携え、又兵衛が死地におもむく！

坂岡真

はぐれ又兵衛例繰控《れいくりびかえ》【五】

死してなお

長編時代小説〈書き下ろし〉

殺された札差の屍骸のそばに遺された、又兵衛の義父、都築主税の銘刀。その陰には、気高く生きる男の、熱きおもいがあった――。

坂岡真

はぐれ又兵衛例繰控《れいくりびかえ》【六】

理不尽なり

長編時代小説〈書き下ろし〉

女房を守ろうとして月代侍を殺めてしまった男に下された理不尽な裁き。夫婦の無念のおもいを胸に、又兵衛が復讐に乗りだす――。

坂岡真

はぐれ又兵衛例繰控《れいくりびかえ》【七】

為《な》せば成《な》る

長編時代小説〈書き下ろし〉

父の仇を捜す若侍と出会った又兵衛。若侍の境遇に同情し、仇討ちの成就を願うが、おもわぬところから仇の消息の手掛かりを摑み――。